«El mudo» y otros textos

Carson McCullers

«El mudo» y otros textos

Prólogo de Rodrigo Fresán
Traducción del inglés por José Luis López Muñoz

Seix Barral Únicos

Colección Únicos

Derechos exclusivos en español para todo el mundo:

Av. Diagonal, 662-664
08034 Barcelona - España
www.seix-barral.es

Originales Todos los ensayos recogidos en este volumen proceden de *The Mortgaged Heart*, publicado por primera vez en 1972

Prólogo Rodrigo Fresán, 2007
Traducción José Luis López Muñoz, 2007

Diseño colección y cubierta
Diego Feijóo

Primera edición
en esta colección Septiembre de 2007
Segunda impresión Octubre 2007

Depósito Legal B. 47.593-2007
ISBN 978-84-322-4318-9

Printed in Spain
Impreso en España

Edición limitada

GOBIERNO DE ESPAÑA MINISTERIO DE CULTURA

Esta obra ha sido publicada con una subvención de la Dirección General del Libro, Archivos y Bibliotecas del Ministerio de Cultura, para su préstamo público en Bibliotecas Públicas, de acuerdo con lo previsto en el artículo 37.2 de la Ley de Propiedad Intelectual.

Índice

Apuntes para una teoría de la iluminación

1

«¿Cuál es el origen de una iluminación? En mi caso, llegan después de horas de búsqueda y de preparación anímica. Pero llegan como un relámpago, como un fenómeno religioso. El corazón es un cazador solitario *fue producto de una de esas iluminaciones, dando comienzo a mi larga búsqueda de la verdad del relato y proyectando su ráfaga de luz sobre los dos largos años por venir», escribió Carson McCullers en su* memoir *inconclusa* Iluminación y fulgor nocturno.

2

Pero, en realidad, la pregunta clave no es tanto cómo se produce una iluminación sino –mucho más interesante y definitivo– cómo se produce una iluminada.

Así, la muy joven Lula Carson Smith como una pequeña dinamo de luces encandilando a todos los que la conocen. Quiere ser concertista de piano, quiere ser escritora, quiere conquistar la gran ciudad, quiere ser cualquier cosa menos –o además de– la enferma crónica que, intuye, será toda su vida.

Así, la obra como vida alternativa y saludable y, al mismo tiempo, ocupándose de la existencia de seres diferentes, únicos, tan únicos como ella.

Así, El corazón es un cazador solitario *–que en principio, según su plan de trabajo, iba a titularse* El mudo*– como el indiscutible Big Bang de su indudable genio y, seguro, uno de los debuts novelísticos más perfectos, impresionantes y conmovedores de todos los tiempos.*

3

Hágase la luz:

> El trabajo y el amor han llenado casi por completo mi vida, a Dios gracias. El trabajo no siempre ha sido fácil; cabe añadir que el amor tampoco. Por lo que respecta al trabajo, cuando

tenía diecisiete años, y durante varios más, mi vida quedó prácticamente colapsada por una novela que no veía clara. Tenía cinco o seis personajes, como mínimo, clarísimos en mi mente. Cada uno de esos personajes estaba hablando con el protagonista. Yo les comprendía, pero el protagonista, aunque yo sabía que era el centro del libro, quedaba fuera de foco... Una y otra vez pensé que utilizaría dichos personajes para escribir cuentos, pero algo siempre me impedía hacerlo porque sabía que esta misteriosa creación acabaría siendo una novela... Entonces, mientras caminaba de un extremo a otro de la alfombra de mi sala de estar, saltándome los cuadrados del dibujo, y agotada por un problema que yo misma me había planteado, se me ocurrió de golpe la solución. El protagonista, el silencioso, siempre se había llamado Harry Minowitz; pero, mientras yo pensaba y caminaba, me di cuenta de que era sordomudo, y por eso los demás siempre le hablaban a él, y él, claro, nunca les contestaba... Fue una verdadera iluminación, que dio luz a cada uno de los personajes y enfocó todo el libro. De entrada,

> cambié el nombre de Harry Minowitz por el de Singer, más expresivo según la nueva concepción del libro, que, con esa idea, arrancaba perfectamente,

recordaría años después Carson McCullers en sus memorias.

Y, sí, la paradoja de que un personaje que no habla ni oye y cuyo apellido significa y puede traducirse como Cantante *acabe siendo el «héroe» de una de las novelas más elocuentes y atentas en la historia de la literatura norteamericana.*

4

Carson McCullers ya ha escrito –y vendido– varios cuentos, pero de pronto la novela lo es todo. «Su nombre es John Singer y es sordomudo, le comunica la joven escritora a su madre, y ésta, escéptica, le pregunta con cuántos sordomudos se ha cruzado en su vida, y la hija*

* Ver *El aliento del cielo* de Carson McCullers (Seix Barral, 2007).

responde: "Con ninguno, pero conozco a la perfección al señor Singer."» Semanas después, su marido Reeves McCullers lee en el periódico que en una ciudad cercana a Columbus se celebrará una convención de sordomudos y le sugiere a Carson asistir para documentarse. «Oh no, no hay nada que esa gente pueda contarme. Ya he terminado esa parte de la novela», responde Carson.

Igual seguridad es la que se percibe, sin ningún esfuerzo, en el outline *o plan de trabajo que, en 1938, McCullers redacta y envía –junto a seis capítulos– a Robert Linscott, entonces encargado de un concurso de la editorial Houghton Mifflin para la caza de talentos inéditos.*

McCullers no gana el importante primer premio, pero la impresión que causa su texto es tal –su absoluta seguridad, sus firmes intenciones–, que Linscott decide instituir un segundo premio especial y la joven autora recibe a vuelta de correo un contrato, un adelanto por quinientos dólares, y la única sugerencia de cambiar el poco atractivo título. Linscott aconseja la lectura del poema «The Lonely Hunter» de Fiona MacLeod –seudónimo de William Sharp– y todas las piezas encajan en su sitio y*

* El título sale de los siguientes versos: «*But my heart is a lonely hunter that hunts / on a lonely hill*» («Pero mi corazón es un cazador solitario que caza / en una colina solitaria»).

todos los latidos suenan a ritmo perfecto y todo es iluminado. «Nunca, ni antes ni después, trabajé tan de cerca siguiendo lo planeado», concluyó McCullers.

Al publicarse el 4 de junio de 1940, El corazón es un cazador solitario *–dedicado por la autora a su esposo y a su madre– es recibido por público y crítica (alguien apuntó que el motivo inspirador de la novela hay que buscarlo en la* Eroica, *tercera sinfonía de Beethoven; alguien juró sentir cómo McCullers había «oído el mundo entero y después lo puso por escrito») como si se tratara de un milagro.*

Y las fotos de la autora de rostro infantil fumando en el Central Park son tan comentadas como las de una actriz de cine.

Y McCullers es considerada el descubrimiento literario del año o, mejor, de la década.

Y está bien que así sea y que así haya sido y que continúe siéndolo para cada lector adolescente –o que recuerda su adolescencia– que abre por primera vez la novela y no puede sino identificarse con Mick Kelly con el mismo fervor con que se identificó o se identificará con Catherine Earnshaw o con Huckleberry Finn o con Elizabeth Bennet o con Holden Caulfield.

Uno de esos *libros, sí.*

Un libro con solitario título de metáfora que nos hace sentir más y mejor acompañados.

5

En lo personal, para mí, El corazón es un cazador solitario *alberga uno de los momentos más felizmente escritos y más tristemente leídos jamás imaginados por un escritor.*

Ese instante terrible y casi final –en El mudo *McCullers dedica apenas una línea a resumir esas fatales cuatro páginas que cada tanto releo para, temblando, no olvidar lo que podría haber sido, lo que puede ser, lo que ya no será– en que la joven Mick Kelly, alter ego de McCullers, pierde, o lo que es peor,* renuncia *a su don:* «All right! OK! Some good», *piensa Mick apoyada en el mostrador de un bar de pueblo, comiendo sin ganas un* sundae, *apenas atreviéndose a preguntarse dónde se fue toda esa música que alguna vez llenó su cabeza y, sintiéndose estafada por todo y por todos, resignándose a una vida común y aburrida.*

El tipo de vida que Carson McCullers –quien tenía todo en contra– jamás se conformó con llevar o se permitió sufrir.

Los siete ensayos que completan este libro —aunque escritos mucho tiempo después de los días en que el corazón de John Singer dejara de latir para que resonara el de su novela– regresan una y otra vez a esos días encandilados y a aquellas fulgurantes noches de iniciación, luminosas e iluminadas, en los que una joven solitaria y única y convaleciente leía todo lo que caía en sus manos y en sus ojos (novelas rusas, cuentos góticos) y se soltaba del teclado de un piano para colgarse del teclado de una máquina de escribir para así experimentar cómo germinaba en ella el sueño despierto de su primera pero no última «misteriosa creación».

Óiganla –léanla– florecer.

Barcelona, mayo de 2007

RODRIGO FRESÁN

«El mudo» y otros textos

Esquema de la autora para *El mudo*

(más adelante publicado como *El corazón es un cazador solitario*)

CONSIDERACIONES GENERALES

El tema principal de este libro, expuesto en las doce primeras páginas, es la rebeldía del ser humano contra su aislamiento interior y la necesidad que siente de una expresión personal lo más plena posible. En torno a esta idea general se articulan varios temas secundarios, algunos de los cuales se pueden enunciar brevemente así: 1) Hay en el ser humano una honda necesidad de expresarse por medio de la creación de un principio unificador o Dios. Un Dios personal creado por un ser humano es un reflejo suyo y en sustancia, con mucha frecuencia, inferior a su creador. 2) En una sociedad desorganizada esos Dioses o principios individuales son, con toda probabilidad, quiméricos y fantásticos. 3) Todo ser humano debe expresarse a su manera, pero a menudo una sociedad derrochadora y corta de vista le niega esa posibilidad de expresión. 4) Los seres humanos tienden a cooperar de manera innata, pero una tradición social antinatural les hace comportarse a veces en desacuerdo con su manera de ser más profunda. 5) Algunos seres humanos son héroes por naturaleza, ya que se entregan hasta el límite de sus posibilidades sin pensar en el esfuerzo ni en el beneficio personal.

Esos temas, por supuesto, no se plantean de manera manifiesta en el libro, pero su trasfondo se deja sentir a través de los personajes y de las situaciones. Mucho dependerá de la perspicacia del lector y de la atención con que lea el libro. En algunos pasajes las ideas subyacentes quedarán escondidas muy por debajo de la superficie de una escena y en otros casos esas ideas se mostrarán con cierto énfasis. En las últimas páginas los distintos temas que se han repetido de cuando en cuando a lo largo del libro se reúnen con nitidez y la obra termina con una sensación de coherencia irrevocable.

El esbozo general de esta obra se puede expresar de manera muy sencilla diciendo que es la historia de cinco personas aisladas, solitarias, en su búsqueda de la expresión y en su deseo de integrarse espiritualmente en algo más grande que ellos. Una de esas personas es John Singer, un sordomudo, y en torno a él gira todo el libro. Debido a su soledad, las otras cuatro personas ven en Singer cierta superioridad mística y, en cierto sentido, lo convierten en su ideal. A causa de su sordera, la relación de Singer con el mundo exterior es vaga e imprecisa. Sus amigos pueden atribuirle todas las cualidades que les gustaría que tuviese. Cada uno de esos personajes crea su manera de entender al sordomudo a partir de sus propios deseos. Singer sabe leer los labios y entiende lo que se le dice. En su eterno silencio hay algo cautivador. Sus cuatro amigos lo hacen depositario de sus sentimientos e ideas más personales.

La relación de los otros con el sordomudo tiene un paralelo casi exacto en la de Singer con su amigo Antonapoulos. Singer es la única persona en condiciones de atribuir a Antonapoulos dignidad y cierta prudencia. Su amor por él discurre desde la primera hasta la última página del libro. No hay aspecto alguno de Singer que quede al margen de ese amor, de manera que cuando las circunstancias los separan, la vida del sordomudo pierde todo su sentido y Singer se limita a dejar pasar el tiempo hasta reunirse de nuevo con su amigo. Por otra parte, las cuatro personas que se consideran amigos de Singer casi no saben nada de Antonapoulos hasta la conclusión del libro. La ironía de esta situación se hace más aparente, de manera lenta y continua, a medida que la historia progresa.

Cuando a la postre Antonapoulos muere a causa de la enfermedad de Bright, Singer, abrumado por su soledad y abatimiento, abre la llave del gas y se suicida. Sólo entonces los otros cuatro personajes empiezan por fin a entender al verdadero Singer.

Esta idea central tiene mucho de las cualidades y el tono de una leyenda. Todas las secciones que se ocupan directamente de Singer están escritas en el estilo sencillo de una parábola.

Para entender por completo las razones de que se llegue a esa situación es necesario conocer con cierto detalle a los personajes principales. Pero no es posible describirlos de manera adecuada sin ligarlos a los acontecimientos que justifican su intervención en la historia. Casi todo lo que sucede en el libro surge directamente de los personajes. En el transcurso de la historia se muestra a cada uno de ellos en sus acciones más típicas y de mayor fuerza.

Hay que entender, por supuesto, que ninguno de esos rasgos personales se describe de la manera didáctica en que se exponen aquí. Están implícitos en una escena tras otra y únicamente al final, cuando se considera la suma de esas implicaciones, se entiende a los personajes en sus aspectos más profundos.

PERSONAJES Y SUCESOS

John Singer

Singer es el más sencillo de los personajes principales del libro. Debido a su sordera está aislado a un nivel psicopático de las emociones ordinarias de otras personas. Es muy observador e intuitivo. Modelo de amabilidad y de espíritu de colaboración en apariencia, nada de lo que sucede en torno suyo perturba su yo interior. Todas sus emociones más hondas giran en torno a Antonapoulos, el único amigo con el que la expresión personal le resulta posible. En el segundo capítulo Biff Brannon piensa que los ojos de Singer son «fríos y amables como los de un gato». Esa misma lejanía le da un aire de sabiduría y de superioridad.

Singer es el personaje principal del libro sólo en el sentido de que simboliza el aislamiento y la dificultad de la expresión y debido a que la historia gira a su alrededor. En realidad cada uno de sus satélites tiene mucha más importancia que él. El libro adquiere todo su peso y su fuerza gracias a la evolución de los cuatro personajes que rodean al sordomudo.

Las secciones que se ocupan de Singer no están nunca tratadas de manera subjetiva. El estilo es indirecto. Eso obedece en parte a que, pese a ser una persona educada, no piensa con palabras sino con impresiones visuales, algo que, por supuesto, es una consecuencia natural de su sordera. Excepto cuando se le entiende a través de los ojos de otras personas, el estilo es, en su mayor parte, simple y enunciativo. No se hace intento alguno de penetrar, de manera íntima, en su subconsciente. Es un personaje plano en el sentido de que a partir del segundo capítulo su yo esencial no cambia.

A su muerte se le encuentra en el bolsillo una extraña notita del primo de Antonapoulos:

> Querido señor Singer:
>
> Sus cartas sin remite me las han enviado a mí.

Spiros Antonapoulos murió, a causa de la enfermedad de Bright, y lo enterraron el mes pasado. Siento decírselo, pero no sirve de nada escribir cartas a los muertos.

Sinceramente suyo,
CHARLES PARKER

Cuando se considera al hombre John Singer en su naturaleza más profunda (en razón de su personalidad y su peculiar situación) su suicidio al morir Antonapoulos es una necesidad.

Mick Kelly

Mick es quizá el personaje más destacado del libro. Debido a su edad y a su temperamento, su relación con el sordomudo la afecta más que a ninguna otra persona. Al inicio de la segunda parte de la novela se destaca audazmente y a partir de entonces, hasta la última sección, exige más espacio e interés que los demás. Su historia es la de la lucha denodada de una niña excepcional por obtener lo que necesita de un entorno inflexible. Cuando Mick aparece por primera vez tiene trece años y cuando el libro termina es catorce meses mayor. Durante ese tiempo le suceden muchas cosas de gran importancia. Al comienzo es una chica inmadura en el umbral de un período de rápido despertar y desarrollo. Su energía es infinita, así como las posibilidades que se abren ante ella. Empieza a avanzar audazmente pese a todos los obstáculos que encuentra y durante los meses que siguen su desarrollo es intenso. Al final, después de que la situación financiera de su familia se haya derrumbado, tiene que aceptar un trabajo de diez horas diarias en una tienda de «todo a diez centavos». Su tragedia no procede en modo alguno de sí misma, sino de una sociedad sin principios y derrochadora que le roba su libertad y su energía.

Para Mick la música es el símbolo de la belleza y de la libertad. Carece por completo de formación musical y las posibilidades que tiene de educarse son muy escasas. Su familia no dispone de una radio y en el verano recorre las calles de la ciudad con un carrito en el que lleva a sus dos hermanos pequeños y se detiene a escuchar cualquier música que le llega desde las casas de otras personas. Empieza a leer en la biblioteca pública y aprende de los libros algunas de las cosas que necesita saber. En otoño, cuando comienza a estudiar en el Instituto de Formación Profesional se las apaña para recibir clases rudimentarias de piano de una chica de su curso, a la que, en compensación, le hace los deberes de álgebra y de aritmética y le da además quince centavos a la semana de su dinero para almorzar. Por las tardes Mick consigue a veces practicar en el piano del gimnasio, pero se trata de un lugar ruidoso y abarrotado y nunca sabe cuándo la interrumpirá de repente una pelota de baloncesto dándole un golpe en la cabeza.

Su amor a la música es instintivo, y en esta época su gusto, naturalmente, nunca es depurado. Al principio descubre a Mozart. Luego se entera de la existencia de Beethoven. A partir de entonces pasa, insaciable, de un compositor a otro siempre que tiene la oportunidad de oírlos en las radios de otras personas: Bach, Brahms, Wagner, Sibelius, etcétera. Su información es a menudo muy confusa, pero el sentimiento está ahí. El amor de Mick por la música es intensamente creativo. Siempre está inventando pequeñas melodías y se propone componer grandes sinfonías y óperas. Sus planes están claramente definidos. Su música la dirigirá siempre ella y sus iniciales estarán escritas en grandes letras rojas en el telón del escenario. Dirigirá su música con un traje de noche de satén rojo o, de lo contrario, vestirá un traje de etiqueta como los hombres. Mick es totalmente egoísta, y el lado puramente infantil de su carácter va de la mano con el más maduro.

Mick ha de tener siempre alguna persona que amar y admirar. Su infancia ha sido una serie de irracionales admiraciones apasionadas por una variopinta sucesión de personas. Y ahora centra en Singer este amor sin dirección. El sordomudo le regala un libro sobre Beethoven por su cumpleaños y además la habitación de Singer está siempre tranquila y es cómoda. En su imaginación Mick convierte al sordomudo en el maestro y amigo que necesita. Como es la única persona que parece interesarse por ella, le hace confidencias y, al final del libro, cuando se produce una crisis importante, es a él a quien quiere dirigirse en busca de ayuda.

La crisis, aunque sea en apariencia la cosa más llamativa que le sucede a Mick, está en realidad subordinada a sus sentimientos hacia Singer y a su lucha con las fuerzas sociales que trabajan contra ella. En otoño, cuando se incorpora al Instituto de Formación Profesional, prefiere estudiar «taller mecánico» con los varones que ir a clase de mecanografía. En ese curso conoce a Harry West, un chico de quince años y, poco a poco, llegan a ser buenos amigos. Se sienten mutuamente atraídos por la similitud de caracteres y por el interés hacia la mecánica. Harry, como Mick, está descontento porque tiene un exceso de energías y no sabe cómo dirigirlas. En primavera tratan de construir un planeador en el patio trasero de los Kelly y, aunque debido a los materiales inadecuados nunca consiguen que el aparato vuele, trabajan juntos con extraordinaria energía. Durante todo ese tiempo su amistad es brusca e infantil.

A finales de la primavera Mick y Harry empiezan a salir los sábados al campo. Harry tiene una bicicleta y se alejan de la ciudad unos quince kilómetros hasta cierto riachuelo en el bosque. Sentimientos que ninguno de los dos entiende por completo empiezan a surgir entre ellos. El desenlace es muy abrupto. Salen de excursión un sábado por la tarde muy entusiasmados y llenos de infantil energía animal y, antes de regresar y sin la menor premeditación, han tenido una experiencia sexual. Es absolutamente necesario que este aspecto del libro se trate con extraordinaria reserva. Lo que ha sucedido queda claro por medio de un breve diálogo entrecortado en el que se da mucho a entender pero se dice muy poco.

Aunque es evidente que esa experiencia prematura afecta hondamente a los dos, existe la sensación de que a la larga las consecuencias serán más graves para Harry que para Mick. Las acciones de ambos son bastante más maduras de lo que habría podido esperarse. Los dos deciden, sin embargo, que nunca querrán casarse ni repetir la experiencia. Están anonadados por el sentimiento de haber obrado mal. Deciden que no volverán a verse nunca y esa noche Harry coge una lata de sopa de la estantería de la cocina, rompe su hucha y hace autostop hasta Atlanta, donde espera encontrar trabajo de algún tipo.

No es posible subrayar en exceso la contención con que se debe contar la escena entre Mick y Harry.

Durante algún tiempo a Mick le angustia mucho lo que le ha sucedido. Vuelve a la música con más vehemencia que nunca. Siempre ha visto el sexo con un frío distanciamiento infantil y ahora la experiencia con Harry le parece en extremo personal y extraña. Trata despiadadamente de olvidarse de ella, pero el secreto le pesa en la conciencia. Siente que si pudiera contárselo a alguien se tranquilizaría. Pero no tiene intimidad suficiente ni con sus hermanas ni con su madre para hacerles esa confidencia, ni tampoco una amiga íntima de su edad. Quiere contárselo a Singer y trata de imaginar cómo hacerlo. Todavía le consuela pensar en llegar a contárselo cuando el sordomudo se suicida.

Después de su muerte Mick se siente muy sola e indefensa. Trabaja más que nunca con su música. Pero la difícil situación económica de su familia que ha seguido empeorando durante los últimos meses apenas puede ser ya peor de lo que es. Los dos hijos mayores de la familia se mantienen con dificultad y no están en condiciones de ayudar a sus padres. Es imprescindible que Mick encuentre trabajo de algún tipo. Lucha con toda su alma para evitarlo, porque quiere volver al menos un año más al instituto y tener algún tipo de esperanza con su música. Pero no se puede hacer nada y al comienzo del verano consigue un empleo desde las ocho y media de la mañana hasta las seis y media de la tarde como dependienta de un establecimiento de «todo a diez centavos». El trabajo es muy cansado, pero cuando el gerente quiere que alguna de las chicas haga horas extra siempre elige a Mick, que es capaz de estar más horas de pie y resistir mejor la fatiga que cualquier otra empleada.

Los rasgos esenciales de Mick Kelly son su gran energía creativa y su valor. La sociedad la derrota en todas las cuestiones principales antes de que pueda empezar siquiera, pero todavía hay algo en ella y en los que son como ella que no es posible destruir y que no será nunca destruido.

Jake Blount

La lucha de Jake con las condiciones sociales es directa y consciente. En él es muy fuerte el espíritu revolucionario. Su motivación básica en la vida es hacer todo lo que esté en su mano para cambiar las predominantes y antinaturales condiciones sociales de rapacidad. Su tragedia es que las energías de que dispone no encuentran un canal por el que discurrir. Está aherrojado por abstracciones e ideas conflictivas y, en cuanto a su aplicación práctica, no hace más que lanzarse contra molinos de viento. Considera que la tradición social de su época está a punto de derrumbarse por completo, pero sus sueños sobre la civilización del futuro oscilan, de manera alternativa, entre la esperanza y la desconfianza.

Su actitud hacia el prójimo se mueve de continuo

entre el odio y el amor más altruista. Su actitud hacia los principios del comunismo es prácticamente la misma que hacia el ser humano. En lo más hondo de su ser es un comunista ferviente, pero siente que hasta el momento todas las sociedades comunistas han degenerado en burocracias. No está dispuesto a transigir y su actitud es o todo o nada. Sus motivos internos y externos son tan contradictorios a veces que apenas resulta exagerado hablar de él como de una persona desquiciada. La carga que ha de soportar es demasiado grande.

Jake es el producto de su peculiar entorno. Durante la época en la que se desarrolla este libro tiene veintinueve años. Nació en una ciudad textil de Carolina del Sur, una ciudad muy parecida al escenario donde tiene lugar la acción del libro. Su infancia transcurrió en condiciones de absoluta pobreza y degradación. A la edad de nueve años (en la época de la Primera Guerra Mundial) trabajaba catorce horas al día en una fábrica de tejidos. Tuvo que asimilar como pudo la educación que se puso a su alcance. A los doce años dejó su hogar por iniciativa propia y empezó su vida autodidacta y sus vagabundeos. En una época u otra ha vivido y trabajado en casi todas las regiones de Estados Unidos.

La inestabilidad interior de Jake queda reflejada en gran medida por su personalidad. Su físico hace pensar en un gigante atrofiado. Es una persona nerviosa e irritable. Durante toda su vida le ha sido difícil conseguir que sus labios no traicionen sus emociones: con el fin de superar esa dificultad se ha dejado un bigote florido que sólo acentúa su debilidad y que le da un aspecto cómico, entrecortado. A causa de su humor irregular le resulta difícil llevarse bien con sus vecinos y la gente tiende a distanciarse de él. Eso le obliga a hacer el payaso con afectación o a adoptar, por el contrario, y sin venir al caso, una actitud exageradamente digna.

Si Jake no puede actuar tiene que hablar. El sordomudo es un excelente destinatario de sus soliloquios. Singer atrae a Jake por su aparente estabilidad y calma. Él es el forastero en la ciudad y su soledad le hace buscar al sordomudo. Hablar a Singer y pasar la velada con él se convierte en una costumbre sedante. Al final, cuando Singer ha muerto, Jake siente que ha perdido cierto contrapeso interior. Tiene además el vago sentimiento de haber sido engañado, y de que todas las conclusiones y visiones que le ha contado al sordomudo se han perdido para siempre.

Jake depende en buena medida del alcohol; y es

capaz de beber grandes cantidades sin aparentes efectos negativos. De cuando en cuando trata de librarse del hábito, pero es incapaz de someterse a una disciplina tanto en esto como en otras cuestiones más importantes.

La estancia de Jake en la ciudad acaba en fracaso. Como de costumbre, durante esos meses ha tratado de hacer lo que ha podido para luchar contra la injusticia social. Al final del libro, el resentimiento creciente que enfrenta a los negros y a los obreros blancos que son clientes del espectáculo donde trabaja Jake se aviva con varias peleas sin importancia entre distintas personas. Día a día una cosa lleva a otra y luego un sábado, a última hora de la noche, se produce una pelea descomunal. (Esa escena tiene lugar durante la semana que sigue a la muerte de Singer.) Los obreros blancos luchan encarnizadamente contra los negros. Jake trata de mantener el orden durante algún tiempo y luego también él pierde el control y casi enloquece. La pelea se convierte en un verdadero caos donde cada persona lucha exclusivamente por defenderse. La policía interviene y arresta a varias personas. Jake escapa, pero la batalla campal en la que acaba de participar le parece un símbolo de su propia vida. Singer ha muerto y él abandona la ciudad tal como llegó: en calidad de forastero.

El doctor Benedict Mady Copeland

El doctor Copeland nos ofrece, en las adversas circunstancias del Sur, el amargo espectáculo de un negro educado. Al igual que Jake Blount, está deformado por sus largos años de esfuerzo para contribuir a que cambie el *status quo*. Al empezar el libro tiene cincuenta y un años, pero ya es un anciano.

Ha ejercido su profesión entre los negros de la ciudad por espacio de un cuarto de siglo, pero siempre ha sentido que lo más importante en su vida no era su trabajo de médico sino sus esfuerzos por educar a los de su raza. Sus ideas, inflexibles, son el resultado de largas meditaciones. Durante mucho tiempo se interesó sobre todo por el control de la natalidad, por cuanto pensaba que las relaciones sexuales indiscriminadas y casuales y el exceso de nacimientos eran en buena parte responsables de la deplorable situación de los negros. Se opone con todas sus fuerzas al mestizaje, pero esta oposición procede sobre todo del orgullo personal y del resentimiento. El gran defecto de todas sus teorías es que no quiere admitir la cultura racial de los negros. Teóricamente está en contra de injertar el modo de vida de la gente de color en el blanco. Su ideal sería una raza de ascetas negros.

En paralelo a la ambición del doctor Copeland para su raza discurre el amor a su familia. Pero debido a su actitud inflexible las relaciones con sus cuatro hijos son un fracaso total, de lo que también es responsable en parte su manera de ser. Durante toda su vida ha ido en contra de su propia naturaleza. Su apasionado ascetismo y las tensiones de su trabajo lo afectan sobremanera. En casa, cuando sentía que sus hijos escapaban a su influencia, era víctima de repentinos y salvajes estallidos de rabia. Esa falta de control fue a la larga la causa de que se separase de su mujer y de sus hijos.

Todavía joven, el doctor Copeland padeció en una época tuberculosis pulmonar, enfermedad a la que los negros son especialmente propensos. Se consiguió entonces detenerla, pero ahora, a los cincuenta y un años, tiene afectado de nuevo el pulmón izquierdo. Si hubiera un sanatorio adecuado podría ingresar para que lo trataran, pero, por supuesto, no existe un buen hospital para negros en el estado. Copeland hace caso omiso de su afección y sigue atendiendo a su clientela, aunque recibe ya a menos pacientes que en el pasado.

Considera al sordomudo la encarnación del autocontrol y del ascetismo en un determinado tipo de hombre blanco. Toda su vida ha sufrido los desaires y humillaciones de la raza blanca. La cortesía y la consideración de Singer hacen que el doctor Copeland le esté desproporcionadamente agradecido. Siempre tiene gran cuidado de mantener su «dignidad» con el sordomudo, pero la amistad con Singer es de gran importancia para él.

En el rostro de Singer hay algún rasgo ligeramente semita y el doctor Copeland cree que es judío. El pueblo judío, por tratarse de una minoría racialmente perseguida, ha interesado siempre al médico. Dos de sus héroes son judíos: Baruch Spinoza y Karl Marx.

El doctor Copeland se da cuenta con toda claridad y gran amargura de que el trabajo de su vida ha sido un fracaso. Aunque es respetado hasta la exageración por la mayoría de los negros de la ciudad, sus enseñanzas han sido demasiado ajenas a la idiosincrasia de la raza para tener algún efecto palpable.

Al comienzo del libro su situación económica es muy incierta. Su casa y la mayor parte de su equipo médico están hipotecadas. Durante quince años ha recibido unos ingresos pequeños pero constantes por su trabajo como miembro del cuadro médico del hospital de la ciudad, pero sus ideas sobre las injusticias sociales han terminado por provocar su despido. Como pretexto para hacerlo se le acusó, y con razón, de practicar abortos en ciertos casos en los que la llegada de un hijo era una imposibilidad económica. Desde la pérdida de ese puesto el doctor Copeland carece de ingresos seguros. Casi ninguno de sus pacientes está en condiciones de pagarle sus honorarios. La enfermedad que sufre es un obstáculo y él va perdiendo cada vez más terreno. Al final se queda sin su casa y después de toda una vida al servicio de su comunidad pasa a ser un indigente. La familia de su mujer lo recoge para que pase lo que le queda de vida en su granja en el campo.

Biff Brannon

De las cuatro personas que giran en torno al sordomudo, Biff es el más desinteresado. Lo suyo es observar siempre. Tiene mucho de austero y clásico. En contraste con los entusiasmos torrenciales de Mick,

Jake y el doctor Copeland, Biff es casi siempre fríamente reflexivo. El segundo capítulo se abre con él, y en las páginas finales del libro sus pensamientos llevan la obra a una conclusión meditada y objetiva.

Los detalles humorísticos de Biff han de aparecer siempre en el libro. Técnicamente es un personaje totalmente perfilado por cuanto se le ve al completo desde todos los ángulos. En la época en que comienza el libro tiene cuarenta y cuatro años y ha pasado la mayor parte de su vida detrás de la caja registradora en el restaurante del que es propietario, haciendo sus peculiares observaciones personales. Tiene pasión por el detalle. Una cosa suya muy típica es el cuartito en la parte trasera de la casa dedicado a mantener un archivo completo y bien catalogado de los últimos dieciocho años del diario vespertino local. Su problema es obtener las líneas generales de una situación a partir de todos los detalles que acumula en la cabeza, tarea a la que se dedica con inagotable paciencia.

A Biff le influyen mucho sus experiencias sexuales. A los cuarenta y cuatro años es prematuramente impotente, situación provocada tanto por razones psíquicas como físicas. Lleva veintitrés años casado con

Alice. Desde el comienzo su matrimonio fue una equivocación, y se ha mantenido sobre todo por razones económicas y por la fuerza de la costumbre.

Quizá como compensación por su propio dilema Biff llega a la curiosa conclusión personal de que las relaciones maritales no son la función primaria del impulso sexual. Cree que los seres humanos son básicamente bisexuales, y para confirmarlo se interesa por la infancia y la senectud.

Dos personas tienen un gran poder emocional sobre Biff: Mick Kelly y un anciano llamado Alfred Simms. Desde pequeña Mick aparece por el restaurante con su hermano en busca de caramelos y para jugar con la máquina tragaperras. Siempre se ha mostrado amable con Biff, pero por supuesto no sabe nada de sus sentimientos hacia ella. De hecho tampoco Biff es del todo claro sobre ese punto. El señor Simms es un frágil anciano lastimoso de confusas impresiones sensoriales. Durante su vida adulta fue un hombre acomodado pero ahora no tiene un céntimo y está solo. Se esfuerza por mantener una apariencia de hombre de negocios muy ocupado. Todos los días sale a la calle con ropa gastada pero limpia y en la mano un monedero como los que usan las ancianas. Va de un establecimiento bancario a otro en un intento de «poner en orden sus cuentas». Al señor Simms le gustaba entrar en el restaurante de Biff y quedarse un rato. Se sentaba tranquilamente en una mesa y no molestaba a nadie. Con su extraña ropa y el monedero de gran tamaño apretado contra el pecho parecía una anciana. Por entonces Biff no sentía ningún interés particular por el señor Simms. De cuando en cuando le servía amablemente una cerveza, pero no pensaba mucho en él.

Una noche (esto sucedió unas semanas antes del comienzo del libro) el restaurante estaba lleno y se necesitaba la mesa en la que estaba sentado el señor Simms. Alice insistió a su marido para que echara al anciano. Biff estaba acostumbrado a expulsar del local a todo tipo de gente, y se le acercó sin pensar mucho en lo que iba a hacer y le preguntó si pensaba que la mesa era un banco del parque. El señor Simms no le entendió en un primer momento y le obsequió con una alegre sonrisa. Biff entonces se desconcertó y repitió sus palabras de una manera mucho más brusca de lo que se proponía. Al anciano se le llenaron los ojos de lágrimas. Trató de mantener la dignidad ante la gente que lo rodeaba, hurgó inútilmente en el monedero y salió del restaurante completamente abatido.

Este pequeño episodio se describe aquí con cierto detalle por su efecto sobre Biff. El suceso queda aclarado en un capítulo de la segunda parte del libro. Durante toda la historia los pensamientos de Biff vuelven una y otra vez al anciano. Su manera de tratarlo se le presenta como la encarnación de todo el mal que ha hecho en su vida. El anciano es, por añadidura, el símbolo del período de decadencia al que la vida de Biff se está acercando ya.

Mick, por su parte, despierta en Biff sentimientos nostálgicos de juventud y heroísmo. La muchacha se encuentra en una edad en la que posee cualidades tanto masculinas como femeninas. Biff, además, siempre ha querido tener una hija y Mick, por supuesto, también le hace pensar en eso. Al final del libro, cuando la adolescente empieza a madurar, los sentimientos de Biff languidecen lentamente.

La frialdad de Biff hacia su esposa es total. Cuando Alice muere en la segunda parte del libro no siente la menor compasión ni arrepentimiento. Lo único que lamenta es que nunca ha entendido del todo a Alice como persona. Hiere su orgullo haber vivido tanto tiempo con una mujer sin entenderla más que de manera muy imprecisa. Después de su muerte, Biff retira las serpentinas de colores colocadas debajo de los ventiladores eléctricos y se cose un brazalete de luto en la manga. Esos gestos son, más que en homenaje a Alice, un reflejo de sus propios sentimientos acerca de la decadencia y la muerte que considera cercanas. Después de la desaparición de su mujer, ciertos elementos femeninos se acentúan en Biff. Empieza a aclararse el pelo con zumo de limón y a cuidarse la piel de manera exagerada. Alice había sido siempre mucho mejor administradora del negocio familiar y, a raíz de su muerte, el restaurante deja de prosperar.

Pese a ciertas rarezas en su personalidad, Biff es, quizá, la persona más equilibrada del libro. Tiene el don de ver lo que sucede a su alrededor con fría objetividad, sin conectarlo instintivamente consigo. Ve, escucha y recuerda todo. Es curioso hasta extremos cómicos. Y casi siempre, pese a los muchos detalles que almacena en la cabeza, es capaz de remontarse pacientemente hasta el esqueleto mismo de una situación y ver los problemas en su totalidad.

Es demasiado precavido para dejarse llevar por

una admiración mística hacia Singer. Le gusta el sordomudo y siente, desde luego, mucha curiosidad por su persona. Singer ocupa una buena parte de sus pensamientos y valora su reserva y su sentido común. Es el único de los cuatro personajes principales que ve la situación tal como realmente es. En las últimas páginas enlaza los detalles de la historia y localiza los puntos más destacados. En sus reflexiones finales, el mismo Biff piensa en la palabra «parábola» en conexión con lo que ha sucedido y, por supuesto, es la única vez que se utiliza ese término. Sus reflexiones cierran el libro y le dan una objetiva plenitud final.

Personajes secundarios

Son varios los personajes menores que desempeñan papeles muy importantes en la historia. A ninguno de ellos se le trata de manera subjetiva y, desde el punto de vista de la novela, las cosas que les suceden tienen más importancia por su efecto sobre los personajes principales que por los cambios que provocan en ellos.

Spiros Antonapoulos

A Antonapoulos se le describe con todo detalle en el primer capítulo. Su desarrollo mental, sexual y espiritual es más o menos el de un niño de siete años.

Portia Copeland Jones, Highboy Jones y Willie Copeland

Es mucho el interés que se centra en estos tres personajes, con Portia como elemento dominante. En cuanto a espacio en el libro, la hija de Copeland ocupa casi tanto como cualquiera de los personajes principales, excepto Mick, aunque siempre en una posición subordinada. Portia es la encarnación de los instintos maternales. Highboy, su marido, y Willie, su hermano, son sus inseparables compañeros. Esos tres personajes representan exactamente lo opuesto al doctor Copeland y a los otros personajes centrales por cuanto no hacen el menor esfuerzo por luchar contra un entorno adverso.

La tragedia que sufre este grupo desempeña un papel importante en todas las fases del libro. Al comienzo de la segunda parte Willie es detenido, acusado de robo. Caminaba por un callejón después de medianoche y dos jóvenes blancos le dijeron que estaban buscando a alguien, le dieron un dólar y le ordenaron que silbara cuando la persona que buscaban bajase por el callejón. Sólo cuando Willie vio a dos policías que venían hacia él se dio cuenta de lo que había sucedido. Mientras tanto los dos blancos habían atracado una farmacia. Más adelante, en otoño, a Willie se le condena, junto con los otros dos atracadores, a un año de trabajos forzados. De todo ello nos enteramos cuando Portia cuenta este gran desastre a los Kelly. «Willie estaba tan ocupado mirando el billete de dólar que no tuvo tiempo de pensar. Y luego le preguntaron por qué corrió cuando vio a los policías. Igual podían preguntarle por qué una persona retira la mano de una estufa encendida cuando la pone encima por equivocación.»

Eso es el comienzo de sus problemas. Una vez que se rompe el orden de la casa, Highboy empieza a ver a otra chica. También eso se lo cuenta Portia a los hijos de la familia Kelly y al doctor Copeland: «Lo entendería mejor si fuese una chica bonita, de piel clara. Es al menos diez veces más negra que yo, y la mujer más fea que he visto nunca. Camina como si sujetara un huevo entre las piernas y no quisiera romperlo. Ni siquiera es limpia.»

La tragedia más brutal del libro les sucede a esas tres personas. Willie y otros cuatro negros cometen alguna pequeña infracción en la cuerda de presos de la que forman parte. Es febrero y el campamento se ha instalado a unos trescientos kilómetros al norte de la ciudad. En castigo los dejan incomunicados. Les quitan los zapatos y los cuelgan de los pies. Luego los dejan así durante tres días. Hace frío y, como no les circula la sangre, se les hielan los pies y a continuación se les gangrenan. Uno de los muchachos muere de neumonía y a los otros cuatro hay que amputarles uno o los dos pies. Son todos trabajadores manuales y, por supuesto, eso los priva por completo de medios para ganarse la vida en el futuro. También esta parte la cuenta Portia en unas cuantas frases contundentes y sin adornos, y así queda la cosa.

Ese suceso afecta en gran medida a los principales personajes. Al doctor Copeland lo destroza la noticia y desvaría durante varias semanas. Mick siente todo el impacto del horror. Biff ha tenido anteriormente a Willie trabajando en su restaurante y medita sobre todos los aspectos del asunto.

Jake quiere sacarlo todo a la luz y convertirlo en un ejemplo para el país. Pero eso es imposible por varias razones. Willie está terriblemente asustado: en el campamento le han recalcado que ha de guardar silencio sobre lo que le han hecho. Las autoridades han tenido buen cuidado de separar a los jóvenes de inmediato después de lo sucedido y ninguno sabe qué ha sido de los demás. Willie y los otros muchachos son, por añadidura, poco más que niños en cierta medida: no entienden el valor de su posible cooperación. El sufrimiento los desquició hasta tal punto que durante aquellos tres días con sus noches se pelearon ferozmente y cuando todo terminó no les quedaba el menor deseo de volver a verse. En perspectiva, su mutuo resentimiento infantil y la falta de cooperación entre ellos es la peor parte de toda la tragedia.

Highboy regresa con Portia cuando vuelve Willie y, con la desventaja añadida que les supone la minusvalía de Willie, los tres reanudan su vida en común.

Los detalles de esta historia reaparecen a todo lo largo del libro. En su mayor parte nos los va contando Portia, con su manera de hablar colorida y rítmica, a medida que se producen.

Harry West

A Harry ya se le ha descrito brevemente en la sección dedicada a Mick. Durante la primera parte del año, cuando Mick y él iniciaron su amistad, Harry se había encaprichado de cierta alumna del instituto que coqueteaba con él. Los ojos siempre le habían causado problemas y llevaba gafas de cristales gruesos. La chica del instituto pensaba que las gafas lo afeminaban y Harry trató de funcionar sin ellas durante varios meses. Aquello hizo que aumentaran sus problemas con la vista. La amistad entre Mick y él es muy distinta de su interés por la otra chica del instituto.

Harry, además de ser meditabundo por naturaleza, tiene el sentido del bien y del mal exageradamente desarrollado que es a veces característico de la adolescencia. Queda implícito que su abrupta experiencia con Mick lo dejará marcado para mucho tiempo.

Lily Mae Jenkins

Lily Mae es un homosexual negro abandonado, poco más que un niño, que ronda por el Sunny Dixie

Show donde trabaja Jake. Siempre está bailando. Su cabeza y sus sentimientos son infantiles y es totalmente incapaz de ganarse el sustento. Debido a su habilidad con la música y la danza es amigo de Willie. Siempre está medio muerto de hambre y anda por los alrededores de la cocina de Portia con la esperanza de conseguir algo de comer. Cuando Highboy y Willie se ausentan Portia encuentra algún consuelo en Lily Mae.

Lily Mae se presenta en el libro exactamente de la misma manera ingenua que tienen sus amigos de entenderlo. Portia se lo describe al doctor Copeland, su padre, de la siguiente manera: «Lily Mae da mucha pena ahora mismo. No sé si te has fijado en chicos como ése, pero le gustan los hombres en lugar de las chicas. De pequeño era muy guapo. Se vestía todo el tiempo con ropa de mujer y se reía mucho. Todo el mundo pensaba entonces que era de verdad guapo. Pero ahora se está haciendo mayor y ya no es lo mismo. Siempre tiene hambre y da pena de verdad. Le gusta venir a sentarse y a hablar conmigo en la cocina. Baila para mí y le doy algo de comer.»

Los hijos de la familia Kelly: Bill, Hazel, Etta, Bubber y Ralph

A ninguno de estos personajes se los enfoca por separado con mucho interés. A todos se los ve con los ojos de Mick. Los tres mayores están desconcertados, en distintos grados, por el problema de encontrar su sitio en una sociedad que no está preparada para absorberlos. Cada uno de esos jóvenes es visto con nitidez, pero no con toda la complejidad posible.

Cuidar de Bubber y del bebé Ralph es la obligación permanente de Mick durante todo el tiempo que no está en el instituto. Esa tarea es una carga considerable para una vagabunda audaz como Mick, si bien siente un hondo afecto por sus hermanos pequeños. En un momento determinado hace estos intrincados comentarios sobre el conjunto de sus hermanas y hermanos: «Una persona tiene que luchar hasta por la cosa más pequeña que consigue. Y me he fijado muchas veces que cuando más tarde llega un hijo a una familia, mejor es éste. Los hermanos más jóvenes son siempre los más duros. Yo misma soy bastante dura porque tengo muchos hermanos por encima de mí. Bubber, por ejemplo, parece enfermo, pero en realidad tiene agallas. Si todo esto es cierto, Ralph tendría que ser el más fuerte con diferencia cuando sea lo bastante mayor para funcionar por su cuenta. Aunque ahora sólo tiene trece meses ya reconozco algo duro y fuerte en su cara.»

INTERRELACIONES ENTRE LOS PERSONAJES

Se puede ver fácilmente que, en espíritu, el doctor Copeland, Mick Kelly y Jake Blount son muy parecidos. Los tres se han esforzado para progresar hasta el nivel mental al que han llegado pese a unas circunstancias adversas. Son como plantas que han tenido que crecer bajo una piedra desde el primer momento. El gran esfuerzo de cada uno de ellos ha sido el de dar sin pensar en compensaciones personales.

El parecido entre el doctor Copeland y Jack Blount es tan grande que se les podría llamar hermanos espirituales. La mayor diferencia entre ellos procede de la raza y de la edad. La vida previa del doctor Copeland transcurrió en circunstancias más favorables y desde el principio tuvo claro cuál era su deber. Las injusticias cometidas con la raza negra se perciben con mucha más claridad que las antiguas ineficacias, tan ampliamente repartidas, del capitalismo en su conjunto. Al doctor Copeland le fue posible empezar a trabajar de inmediato en una determinada esfera reducida, mientras que las condiciones que Jake detesta son demasiado fluidas para poder atacarlas de frente. El doctor Copeland tiene la sencillez y la dignidad de una persona que ha vivido toda su vida en el mismo sitio y ha dado lo mejor de su vida a una única tarea. Jake sufre el nerviosismo entrecortado de un hombre cuya vida interior y exterior no ha tenido más estabilidad que un torbellino.

La escrupulosidad de ambos hombres está exacerbada por una estimulación artificial: el doctor Copeland siempre tiene fiebre y Jake bebe todos los días. En ciertas personas los efectos de esos estimulantes pueden ser muy parecidos.

El doctor Copeland y Jake sólo entran una vez en contacto directo durante todo el libro. Los encuentros casuales no se consideran aquí. Se hablan pero no se entienden en el segundo capítulo cuando Jake quiere que el médico entre en el restaurante de Biff y beba con él. Después de eso se ven una vez en las escaleras de la pensión de la familia Kelly y luego se tropiezan brevemente en dos ocasiones más en la habitación de Singer. Pero la única vez que se enfrentan directamente es en casa del doctor Copeland y en circunstancias dramáticas.

Se trata de la noche en la que Willie ha vuelto a casa después de que le dieran de alta en el hospital de la cárcel. El doctor Copeland guarda cama debido a una pleuresía, delira y cree que se está muriendo. Willie, lisiado, ocupa un catre en la cocina y una multitud de amigos y vecinos llena la casa, entrando por la puerta de atrás, para ver a Willie e interesarse por él. Jake se ha enterado por Portia de todo lo sucedido y cuando Singer sale para velar al doctor durante la noche, Jake solicita acompañarlo.

Jake llega a casa de Copeland con intención de interrogar a Willie lo más estrechamente posible, pero antes de que termine la reunión se siente atraído por Copeland y es él, en lugar de Singer, quien acompaña al enfermo durante la noche. En la cocina, Willie se reúne con sus amigos por primera vez desde hace casi un año. En la parte de atrás de la casa hay al principio un ambiente sombrío de dolor y desesperanza. La historia de Willie se repite una y otra vez con tonos tristemente monótonos. Luego ese ambiente empieza a cambiar. Willie se sienta en el catre y empieza a tocar la armónica. Lily Mae baila. Con el paso del tiempo el ambiente se transforma en una explosión artificial de júbilo desenfrenado.

Tal es el telón de fondo para el encuentro de Jake con el doctor Copeland. Están en el dormitorio y los ruidos de la cocina les llegan a través de la puerta cerrada. Jake está borracho y Copeland casi desquiciado por la fiebre. Su diálogo, sin embargo, surge de lo más íntimo de su ser. Los dos vuelven a las rítmicas expresiones vernáculas de su primera infancia. La meta más personal de cada uno es plenamente entendida por el otro. En el espacio de pocas horas, después de toda una vida de aislamiento, se acercan todo lo que es posible entre dos seres humanos. Muy a primera hora de la mañana Singer se presenta en la casa antes de ir a trabajar, y los encuentra juntos, Jake tumbado descuidadamente al pie de la cama y al doctor Copeland dormido con saludable naturalidad.

La interrelación entre los otros personajes no será necesario describirla con tanto detalle. Mick, Jake y Biff se ven con frecuencia. Cada uno de ellos ocupa cierta posición clave en la ciudad; Mick está casi siempre en la calle. Biff, en su restaurante, entra con frecuencia en contacto con todos los personajes principales a excepción del doctor Copeland. Jake está siempre observando una muestra representativa de la ciudad en la atracción de feria en la que trabaja; más adelante, cuando conduce un taxi, se relaciona con casi todos los personajes, importantes y secundarios, del libro. La relación de Mick con cada una de esas personas es infantil y realista. La de Biff, excepto en el caso del afecto que siente por Mick, es fríamente valorativa. Entre todas estas personas, en una diversidad de combinaciones, se producen determinadas pequeñas escenas y sucesos.

En conjunto, las interrelaciones entre los personajes del libro se pueden describir como los radios de una rueda, con Singer como punto central. La situación, con toda la ironía que encierra, expresa el tema más importante del libro.

Estructura general y resumen

Tiempo

El primer capítulo funciona como introducción y el cálculo del tiempo se inicia con el segundo. El relato abarca un período de catorce meses: desde mayo hasta julio del año siguiente.

La obra está dividida en tres partes. El grueso del libro está contenido en la sección central. En lo referente al número de páginas es la más larga de las tres y casi todos los meses del esquema temporal están incluidos en esta división.

1.ª parte

El borrador de la primera parte ya está terminado y, por tanto, no es necesario exponer esta sección en detalle. Se extiende desde mediados de mayo a mediados de julio. En ella se presenta de manera pormenorizada a cada uno de los personajes principales. Los puntos destacados de todos están claramente implícitos y se indica en términos generales la dirección que tomará cada personaje. Se cuenta la historia de Singer y de Antonapoulos. Se presentan los encuentros de cada uno de los personajes principales con Singer, y comienza el entramado general del libro.

2.ª parte

Se produce una aceleración del ritmo al comienzo de esta sección central, que consta de más de una docena de capítulos, si bien su tratamiento es mucho más flexible que en la primera parte. Muchos de los capítulos son muy breves y su dependencia mutua es mayor que en el caso de los seis capítulos previos. Casi la mitad del espacio se dedica a Mick, su crecimiento y evolución, y la intensidad cada vez mayor de su admiración por Singer. Su historia, y los distintos sucesos vistos desde su perspectiva, se tejen y destejen en los capítulos dedicados a los otros personajes.

Esta sección comienza con Mick en una de sus correrías nocturnas. Durante el verano ha estado escuchando conciertos en circunstancias poco usuales. Ha descubierto que en ciertos distritos más acomodados de la ciudad unas cuantas familias disfrutan de buenos programas en sus aparatos de radio. Hay una casa en particular que sintoniza todos los viernes por la noche cierto concierto sinfónico. Por supuesto todas las ventanas están abiertas en esta época del año y la música se oye perfectamente desde fuera. Mick se introduce en el jardín poco antes de que empiece el programa y se sienta a oscuras detrás de los arbustos debajo de la ventana de la sala de estar. A veces, después del concierto, se queda allí, contemplando durante algún tiempo a la familia que vive en la casa antes de marcharse. Como es mucho lo que recibe de su aparato de radio, está medio enamorada de todos sus habitantes.

Llevaría muchas docenas de páginas hacer una sinopsis detallada de esta segunda parte. Un relato completo y explicativo ocuparía más espacio que la totalidad de la sección cuando esté terminada, porque un buen libro encierra mucho más de lo que dicen las palabras. Lo más conveniente es recoger algunas anotaciones básicas con el fin de ordenar la secuencia de los acontecimientos. Esas notas aproximadas significan poco por sí solas y únicamente se podrán entender después de una lectura exhaustiva de la parte incluida bajo el epígrafe de Personajes y Acontecimientos. Este esbozo aproximado se halla todavía en un estadio provisional y sólo pretende ser indicativo de la estructura general de la parte central.

Final del verano

Correría nocturna de Mick y concierto. Resumen de cómo Mick crece en el curso del verano. Durante la mañana que sigue al concierto Portia les cuenta a Mick y a los otros hermanos Kelly que han detenido a Willie. Correrías matutinas de Mick.

Experiencias de Jake Blount en el Sunny Dixie Show.

Otoño

Primer día de Mick en el Instituto de Formación Profesional.

El doctor Copeland en sus visitas a domicilio. Otra visita de Portia en la que cuenta a su padre que Highboy la ha dejado.

Mick conoce a Harry West.

Muere Alice, la mujer de Biff; lo que piensa éste.

Mick y de nuevo su música. Etta, la hermana de Mick, abandona a su familia sin despedirse y trata de escaparse a Hollywood, pero regresa a los pocos días. Mick va con la niña que le está enseñando música a una verdadera lección de piano. Se avergüenza mucho cuando le dice a la profesora llena de audacia que es compositora y trata de tocar con un piano de verdad. (Esto sucede en la casa donde Mick estaba escuchando el concierto al comienzo de esta parte, y Mick ya conoce a la profesora y a su familia porque los ha visto a través de la ventana durante el verano.)

Invierno

Navidad. El doctor Copeland da, como todos los años, sus dos fiestas navideñas: una por la mañana para los niños y otra a última hora de la tarde para los adultos. Lleva dos decenios organizándolas; en ellas obsequia a sus pacientes con refrescos y les dirige unas palabras. La relación entre el doctor Copeland y el material humano con el que trabaja sale plenamente a la luz.

Singer visita a Antonapoulos.

Experiencias de Jake Blount en la ciudad como taxista de segunda clase.

Mick y Singer. Mick comienza a preparar el planeador con Harry West.

En la cocina de los Kelly, Portia cuenta la tragedia de Willie y de los otros cuatro muchachos a Mick, Jake Blount y Singer.

Primavera

Nuevas meditaciones de Biff Brannon, y escena entre Mick y Biff en el restaurante.

Mick y su música una vez más; Mick y Harry trabajan en el planeador.

Regreso de Willie. El encuentro del doctor Copeland con Jake.

La experiencia entre Harry y Mick llega a su abrupta culminación y término. Marcha de Harry. El agobiante secreto de Mick. La situación económica de los Kelly. Los enérgicos planes de Mick y su música.

Muerte de Singer.

Este bosquejo no dice nada de la trama principal: las relaciones de cada uno de los personajes principales con el sordomudo, relaciones tan graduales y parte tan importante de las personas mismas que es imposible reflejarlas en unas notas tan directas. De todos modos, a partir de estas anotaciones es posible deducir una idea general del plan temporal y de la sucesión de los acontecimientos.

3.ª parte

La muerte de Singer ensombrece todo el final del libro. En cuanto a longitud, necesita más o menos el mismo número de páginas que la primera parte. Por lo que se refiere a tratamiento técnico, la semejanza entre las dos secciones es pronunciada. Tiene lugar durante los meses de junio y julio. Consta de cuatro capítulos y se presenta por última vez a cada uno de los personajes principales. Un esbozo aproximado se puede sugerir de la siguiente manera:

Doctor Copeland. Fin de su trabajo y de sus enseñanzas; su marcha al campo. Portia, Willie y Highboy empiezan de nuevo.

Jake Blount. Jake escribe peculiares manifiestos sociales y los distribuye por la ciudad. La pelea en el Sunny Dixie Show; Jake se prepara para marcharse.

Mick Kelly. Mick comienza su nuevo trabajo en el almacén de «todo a diez centavos».

Biff Brannon. Escena final entre Biff, Mick y Jake en el restaurante. Concluyen las meditaciones de Biff.

Lugar - La ciudad

Esta historia, en esencia, podría haber sucedido en cualquier ciudad y en cualquier época. Pero tal como está escrito el libro, sin embargo, hay muchos aspectos de su contenido que se identifican con las circunstancias de Estados Unidos en esta década* y, de manera más específica, con las del Sur. En el libro nunca se menciona a la ciudad por su nombre, aunque está situada en la parte más occidental de Georgia, en las orillas del río Chattahoochee y justo al otro lado de la frontera con Alabama. Tiene una población de unos cuarenta mil habitantes de los que una tercera parte, aproximadamente, son negros. Se trata de una comunidad típicamente fabril y casi toda su organización económica se centra en las fábricas textiles y en el comercio minorista.

No se ha avanzado apenas en la defensa de los derechos de los trabajadores. Persisten condiciones de gran pobreza. El obrero medio de una fábrica de algodón es muy distinto de un minero o de un empleado de la industria del automóvil: al sur de Gastonia, Carolina

* La de los años cuarenta.

del Norte, al trabajador medio de una fábrica de algodón se le ha condicionado para que sobreviva en un estado de apatía e indiferencia. En su mayor parte, esas personas no se plantean cuáles son las verdaderas causas de la pobreza y del paro. Su resentimiento inmediato se dirige contra el único grupo social por debajo del suyo: el de los negros. Cuando las fábricas reducen el ritmo de producción la ciudad es verdaderamente un lugar de gente perdida y hambrienta.

Técnica y resumen

Este libro está planeado de acuerdo con un diseño definido y equilibrado. La forma utiliza siempre el contrapunto. Como una voz en una fuga, cada uno de los personajes principales es una totalidad en sí mismo, pero su personalidad adquiere una nueva amplitud cuando se la contrasta y entreteje con los otros personajes del libro.

Donde se ve con mayor claridad la afinidad de la obra con el contrapunto musical es en el estilo en que se va a utilizar. Hay cinco estilos distintos: uno por cada uno de los personajes principales, a los que se trata de manera subjetiva y objetiva, y un estilo legendario en el caso del sordomudo. La finalidad en cada uno de ellos es acercarse lo más posible a los ritmos psíquicos internos del personaje desde cuyo punto de vista se escribe. Esta semejanza entre estilo y personaje es ya bastante evidente en la primera parte, pero progresa gradualmente en cada caso hasta que al final el estilo expresa al hombre interior todo lo profundamente que es posible sin caer en lo inconsciente ininteligible.

Este libro se completará en todas sus fases. No se dejará ningún cabo suelto y al final habrá un sentimiento de conclusión equilibrada. La idea fundamental es irónica, pero al lector no se le deja con una sensación de futilidad. La obra refleja el pasado pero también indica el futuro. Algunos de sus personajes están muy cerca de ser héroes y no son los únicos de su clase. Porque en la esencia de esas personas existe el sentimiento de que, por muchas veces que sus esfuerzos se pierdan y sus ideales personales resulten falsos, llegará un día en que se unan y consigan lo que les pertenece por derecho.

(*El mudo* apareció por primera vez en *The Ballad of Carson McCullers*, de Oliver Evans, publicado por Coward-McCann en 1966.)

Cómo empecé a escribir

En nuestra vieja casa de Georgia teníamos dos cuartos de estar –uno detrás y otro delante– con puertas plegables entre los dos. Era allí donde hacíamos la vida familiar y también donde representábamos mis espectáculos. El cuarto delantero era el auditorio y el trasero el escenario. Las puertas plegables, el telón. En invierno, la luz del hogar de la chimenea parpadeaba sombría y se reflejaba en las puertas de nogal, y en los últimos tensos momentos antes de alzarse el telón se advertía el tictac del reloj sobre la repisa de la chimenea, el viejo reloj de pie, con el cristal en el que estaban pintados los cisnes. En verano el calor era sofocante en las dos salas hasta el momento de alzar el telón, y al reloj lo silenciaban los silbidos de los jardineros negros y de las radios lejanas. En invierno, flores de escarcha brotaban en los cristales de las ventanas (los inviernos en Georgia son muy fríos), y las habitaciones tenían corrientes y estaban silenciosas. En verano las ventanas abiertas hacían que se agitaran las cortinas con cada soplo de la brisa, llegaba el olor de las flores recalentadas por el sol y, hacia el crepúsculo, también el del césped regado. En invierno tomábamos cacao después de la función y en verano naranjada o limonada. En verano y en invierno los bollos eran siempre los mismos. Los hacía Lucille, la cocinera que teníamos por entonces, y nunca he probado otros tan deliciosos como aquéllos. El secreto de su éxito residía, creo yo, en que nunca le salían bien. Se trataba de magdalenas de pasas y chocolate que no subían como pide la receta, de manera que carecían de abultamiento propiamente tal: lo que hacían era estar húmedas, ser planas y tener las pasas muy juntas. El encanto de aquellas magdalenas era por completo accidental.

Por mi condición de mayor de los hermanos era la guardiana, la que contaba los bollos, la jefa de todas nuestras funciones. El repertorio, ecléctico, iba desde refritos de películas hasta Shakespeare, además de piezas que yo inventaba y que a veces escribía en mis libretas de anillas Big Chief que costaban cinco centavos. El reparto, eternamente el mismo (mi hermano menor, mi hermana Baby y yo), nuestra mayor desventaja. Baby era en aquellos días una criatura de diez años, altiva y obstinada, terrible en las escenas de muerte, desmayos y cosas por el estilo. Cuando Baby se desvanecía para morir de pronto, miraba prudentemente alrededor y caía con mucho cuidado en un sofá o en una silla. (En una ocasión, lo recuerdo bien, una de esas caídas mortales rompió dos patas de una de las sillas favoritas de mamá.)

Como directora de las funciones yo aceptaba interpretaciones terribles, pero había una cosa que sencillamente no soportaba. A veces, después de prepararlos y de ensayar media tarde, los actores decidían abandonar el proyecto momentos antes de que alzáramos el telón y se marchaban a jugar al jardín.

«Me esfuerzo y trabajo en una función toda la tarde, y ahora me dejáis plantada», gritaba yo, perdida por completo la entereza ante la adversidad. «¡No sois más que niños! ¡Niños! No sería mala idea fusilaros.»

Pero ellos se bebían a grandes tragos el cacao o los refrescos y se iban corriendo con los bollos de pasas.

La utilería era improvisada, limitada sólo por las modestas prohibiciones de mamá. El cajón de arriba del armario ropero quedaba excluido y en las obras que requerían enfermeras, monjas y fantasmas teníamos que arreglárnoslas con servilletas, manteles y sábanas de clase inferior.

Las funciones en la sala de estar terminaron cuando leí por primera vez a Eugene O'Neill. Fue el verano en el que encontré sus obras en la biblioteca y coloqué su retrato en la repisa de la chimenea del cuarto de estar que utilizábamos como escenario. En otoño ya estaba escribiendo una pieza en tres actos sobre venganza e incesto: el telón se alzaba en un cementerio y, después de escenas de sufrimientos variados, volvía a caer sobre un catafalco. El reparto lo integraban un ciego, varios débiles mentales y una vieja malévola de unos cien años. La obra no se podía representar en las salas de estar. Hice lo que llamé una «lectura» a mis pacientes progenitores y una tía que estaba de visita.

A continuación, creo, vinieron Nietzsche y una pieza llamada *El fuego de la vida*. La obra tenía dos personajes –Jesucristo y Friedrich Nietzsche– y el aspecto que yo valoraba más era que estaba escrita en verso. También hice una lectura de aquella obra, y después entraron los niños, que estaban en el jardín, bebimos cacao junto al fuego en la sala de estar de atrás y nos comimos los hundidos y deliciosos bollos de pasas.

«¿Jesús?», preguntó mi tía cuando se lo contaron. «Bueno, la religión siempre es un buen tema.»

Aquel invierno las habitaciones de la vida familiar, la ciudad entera, parecían estrujarme y encogerme el corazón adolescente. Anhelaba marcharme lejos. Me atraía Nueva York de manera especial. El reflejo del fuego en las puertas plegables de nogal me entristecía, así como el tedioso sonido del viejo reloj de los cisnes. Soñaba con la distante ciudad de los rascacielos y con la nieve, y Nueva York fue el feliz escenario de aquella primera novela que escribí cuando tenía quince años. Los detalles del libro eran extraños: revisores de metro, patios delanteros de Nueva York; pero para entonces ya no tenía importancia, porque había emprendido otro viaje. Fue el año de Dostoievski, Chejov y Tolstoi, y los primeros barruntos de la existencia de una región insospechada, equidistante de Nueva York, de la Rusia de los zares y de nuestras salas de Georgia: la maravillosa región solitaria de las historias sencillas y del mundo interior.

(*Mademoiselle*, septiembre de 1948.)

El realismo ruso y la literatura del Sur

Durante los últimos quince años ha surgido en el Sur un género literario que es lo bastante homogéneo como para que los críticos le hayan dado el nombre de «Escuela gótica». Esta etiqueta, sin embargo, es muy poco afortunada. El efecto de un relato gótico quizá sea similar al de una historia de Faulkner por su evocación del horror, de la belleza y de la ambivalencia emocional, pero ese resultado procede de fuentes opuestas; en el primer caso los medios utilizados son románticos o sobrenaturales, mientras que en el segundo se trata de un realismo peculiar e intenso. La moderna escritura sureña más bien parece estar en deuda con la literatura rusa, ser más bien parte de la progenie de los realistas rusos. Y esa influencia no es accidental. Las circunstancias en las que se ha producido la literatura sureña son llamativamente similares a las que se dieron en el caso de los rusos. Tanto en la Rusia de los zares como hasta el momento presente en el Sur, una característica dominante ha sido el escasísimo valor de la vida humana.

Hacia finales del siglo XIX se criticaba con dureza a los novelistas rusos, y en particular a Dostoievski, por lo que se calificaba de «crueldad». La misma objeción se esgrime ahora contra los nuevos escritores del Sur. De inmediato la acusación parece sorprendente. El arte, desde el tiempo de los trágicos griegos hasta nuestros días, ha retratado sin vacilar la violencia, la locura, el asesinato y la destrucción. Todos los casos de «crueldad» en la escritura rusa o sureña encuentran su equivalente o se ven superados por los griegos, los isabelinos o, si vamos a eso, por los creadores del Antiguo Testamento. En consecuencia, no es la «crueldad» por sí misma lo que resulta escandaloso, sino la manera en que se la presenta. Y en esta manera de acercarse a la vida y al sufrimiento los escritores sureños están especialmente en deuda con los rusos. La técnica, en pocas palabras, es la siguiente: una yuxtaposición audaz y en apariencia insensible de lo trágico con lo humorístico, de lo grandioso con lo trivial, lo sagrado con lo licencioso; se trata de detallar el alma entera de un ser humano de manera materialista.

El lector acostumbrado a la tradición clásica encuentra ese método repelente. Si, por ejemplo, muere un niño y la vida y muerte de ese niño se presenta en una sola frase, y si el autor pasa sobre todo ello sin comentario ni apariencia de compasión, y continúa, sin cambiar el tono, con algún detalle trivial, el método de presentación parece cínico. El lector está acostumbrado a que se le den, categorizados por el autor, los valores relativos de una experiencia emocional. Y cuando el autor rechaza esa responsabilidad el lector se siente confuso y ofendido.

La cena que sigue al funeral de Marmeladov en *Crimen y castigo* y la novela *Mientras agonizo*, de William Faulkner, son buenos ejemplos de este tipo de realismo. Las dos obras tienen mucho en común. Ambas tratan del tema de la muerte y se da en ellas una fusión de sufrimiento y de farsa que actúa sobre el lector con una fuerza casi física. La muerte violenta de Marmeladov, la preocupación de Katerina Ivanovna por la cena, los detalles sobre los alimentos que se van a servir, el dependiente «que no tenía nada que decir y olía muy mal»: toda la situación parece superficialmente un batiburrillo emocional imposible. Enfrentado con el sufrimiento y el hambre, el lector se encuentra de pronto riendo ante las absurdas conversaciones entre Katerina Ivanovna y la patrona, o sonriendo ante las excentricidades del polaco. Y, de manera inconsciente, después de la risa el lector se siente culpable; tiene la sensación de que el autor, de algún modo, lo ha engañado.

Farsa y tragedia se han utilizado siempre de maneras complementarias. Pero no es frecuente, excepto en las obras de los rusos y de los escritores del Sur, que se superpongan de manera que sus efectos se experimenten simultáneamente. Esta amalgama emocional ha provocado la acusación de «crueldad». D. S. Mirsky, al comentar un pasaje de Dostoievski, dice: «Aunque el elemento de humor está inconfundiblemente presente, es un tipo de humor que requiere del lector una constitución bastante peculiar para divertirse.»

En *Mientras agonizo*, de Faulkner, esa fusión es completa. La historia cuenta el viaje funerario que emprende Anse Bundren para enterrar a su esposa. Lleva el cadáver al cementerio donde descansan otros miembros de la familia de su mujer, camposanto que se encuentra a unos sesenta kilómetros; el viaje les ocupa varios días a él y a sus hijos y en su transcurso la difunta se descompone debido al calor y ellos se encuentran además con una increíble acumulación de desastres. Pierden las mulas al vadear un río, un hijo se rompe una pierna y la herida se le gangrena, otro se vuelve loco, la hija es seducida..., difícil imaginar un cortejo fúnebre más nefasto. Pero la inmensidad de esos desastres no se subraya más que otros sucesos totalmente intrascendentes. Durante toda la novela Anse piensa en la dentadura postiza que se dispone a comprar cuando llegue a la ciudad. Su hija está preocupada por un bollo que lleva consigo con intención de venderlo. El chico con la pierna gangrenada dice una y otra vez que el dolor «no le molesta nada», y su principal preocupación es que se le pierda por el camino la caja con herramientas de carpintería. El autor informa sobre esta confusión de valores pero no se responsabiliza espiritualmente.

Para entender esta actitud hay que conocer el Sur, que tiene mucho en común, desde el punto de vista de la sociología, con la Rusia zarista. El Sur ha sido siempre una región aparte del resto de Estados Unidos, con una personalidad y unos intereses claramente autónomos. Desde el punto de vista económico, y también en otros aspectos, se le ha utilizado siempre a modo de colonia del resto de la nación. La pobreza del Sur es distinta de la que existe en otras zonas del país. En su estructura social se da una división de clases similar a la de la Rusia zarista. El Sur es la única parte de la nación con una clase campesina definida. Sin embargo, pese a las divisiones sociales, su población es homogénea. Tanto el sureño como el ruso son «tipos» por cuanto tienen ciertos trazos psicológicos reconocibles y nacionales. Hedonistas, imaginativos, perezosos y emotivos: existe sin duda una semejanza como la que se da entre primos.

En el Sur, al igual que en la Rusia zarista, el escaso valor de la vida humana se comprueba a cada paso. Las cosas, los detalles materiales, tienen un valor exagerado. La vida abunda; los niños nacen y mueren, o si no mueren viven y luchan. Y en la pelea por conservar la existencia, la vida entera y el sufrimiento de un ser humano pueden estar atados a cinco hectáreas de tierra exhausta, a una mula, a una bala de algodón. En *Los campesinos*, de Chejov, la pérdida del samovar en la casa del pueblo es tan triste, o más, que la muerte de Nikolai o la crueldad de la anciana abuela. Y en

El camino del tabaco,* el trueque de Jeeter Lester, que consiste en cambiar a su hija por siete dólares y un cubrecama, es simbólico. La vida, la muerte, las experiencias del espíritu van y vienen y no sabemos cuál es la razón; pero la *cosa* sigue ahí, permanece para molestarnos o consolarnos y su valor es inmutable.

Se considera a Gogol el primero de los realistas. El humilde funcionario de «El abrigo» identifica toda su vida con su nuevo capote invernal, y se deprime y muere cuando se lo roban. Desde la época de Gogol, o desde alrededor de 1850 hasta 1900, la escritura imaginativa en Rusia se puede ver como un período de crecimiento artístico. Chejov difiere sin duda de Aksakov y de Turguenev pero, en conjunto, el enfoque del material y la técnica general es la misma. La actitud moral es ésta: los seres humanos no son ni buenos ni malos, son sólo desgraciados y se adaptan mejor o peor a su infelicidad. Las personas nacen en un mundo de confusión, en una sociedad en la que el sistema de valores es tan incierto que nadie puede decir si un hombre vale más que una carga de heno, o si el valor mismo de la vida justifica la lucha por obte-

* Novela de Erskine Caldwell.

ner los objetos materiales necesarios para mantenerla. Esa actitud era quizás característica de todos los rusos de aquellos tiempos, y los escritores sólo informaban de lo que era verdad en su época y en su lugar. Es el enfoque moral inconsciente, la base espiritual fundamental de su trabajo. Pero eso no excluye en modo alguno un nivel superior de conciencia. Y en las grandes novelas filosóficas se alcanza la culminación del realismo ruso.

En el espacio de catorce años –de 1866 a 1880– Dostoievski escribió sus cuatro obras maestras: *Crimen y castigo*, *El idiota*, *Los endemoniados* y *Los hermanos Karamazov*. Se trata de novelas extraordinariamente complejas. Dostoievski, de acuerdo con la auténtica tradición rusa, se enfrenta a la vida con un punto de vista completamente imparcial; el mal, la confusión de la vida, los recoge con la más completa de las franquezas, fundiendo las emociones más diversas en un todo compuesto. Pero además de eso emplea el enfoque analítico. Es casi como si después de haber examinado la vida durante mucho tiempo y de haber reflejado fielmente con su arte lo que ve, le horrorizara tanto la vida misma como lo que él ha escrito. E incapaz de rechazar ninguna de las dos cosas, o de engañarse, asume la responsabilidad suprema y responde él al enigma de la vida. Pero para hacerlo tendría que ser un mesías. Sociológicamente el problema nunca se puede resolver por completo, y además a Dostoievski le eran indiferentes las teorías económicas. Y Dostoievski, en este papel de mesías, no cumple con la responsabilidad que ha asumido. Las preguntas que plantea son inmensas, algo así como preguntas enfadadas a Dios. ¿Por qué el ser humano se ha dejado degradar y ha permitido la corrupción de su espíritu por la materia? ¿Por qué existen el mal, la pobreza y el sufrimiento? Las preguntas de Dostoievski son magníficas, pero su solución, la «nueva cristiandad», no es una respuesta: casi utiliza a Jesucristo como una artimaña.

La «solución» a *Crimen y castigo* es una solución personal, dado que los problemas son metafísicos y universales. Raskolnikov es un símbolo de la trágica incapacidad del ser humano para encontrar una armonía interior en este mundo de desorden. El problema son los males de la sociedad, y Raskolnikov es sólo un resultado de esa discordancia. Mediante la abstinencia, la expiación personal, el reconocimiento de un Dios personal, un Raskolnikov puede encontrar o no un estado subjetivo de gracia. Pero en ese caso sólo se ha resuelto un problema circunstancial; el problema básico sigue intacto. Es como tratar de formular la demostración de un problema geométrico mediante la aritmética de base.

Como analista moral Tolstoi es más claro. No sólo pregunta el porqué, sino también el qué y el cómo. Desde la época en que tenía unos cincuenta años, sus *Confesiones* nos dan un hermoso testimonio del ser humano en conflicto con un mundo de discordia. «Sentí», escribió, «que en mi interior se había roto algo sobre lo que mi vida había descansado siempre; sentí que no me quedaba nada a lo que agarrarme, y que moralmente mi vida se había detenido». Prosigue con la admisión de que, desde un punto de vista externo, su vida era ideal: disfrutaba de buena salud, carecía de preocupaciones económicas, estaba contento con su familia. Sin embargo la vida entera a su alrededor le parecía grotescamente desequilibrada. Escribe: «La absurdidad sin sentido de la vida es el único conocimiento incontestable de que dispone el ser humano.» La conversión de Tolstoi es demasiado bien conocida para que haga falta algo más que mencionarla aquí. En esencia es la misma que la de Raskolnikov por cuanto se trata de una experiencia espiritual puramente solitaria y no resuelve el problema en su conjunto.

Pero el éxito alcanzado por estas exploraciones metafísicas y morales no tiene gran importancia en sí mismo. Su valor es fundamentalmente catalítico. Lo que importa es la manera en que esas investigaciones morales afectan a la obra en su conjunto. Y el efecto es enorme. Porque Dostoievski, Tolstoi y los moralistas menores aportaron al realismo ruso un elemento hasta entonces impreciso o que faltaba por completo: el elemento de la pasión.

Gogol posee una creatividad imaginativa que resulta abrumadora. Como escritor satírico pocos lo alcanzan y su capacidad puramente técnica es enorme. Pero no hay en él ni el menor rastro de pasión. Aksakov, Turguenev, Herzen, Chejov, aunque por separado su genio sea distinto, son iguales por la falta de ese nivel particular de emoción. En la obra de Dostoievski y de Tolstoi es como si de repente la literatura rusa cerrase los puños y todo el organismo literario se viera afectado; se produce un nuevo fervor, una acumulación de recursos, un tono nervioso radicalmente más tenso. Con los moralistas el realismo ruso alcanza su fase más ardiente y gloriosa.

Desde el punto de vista del mérito artístico sería absurdo comparar a los nuevos escritores sureños con los rusos. Sólo se pueden trazar analogías en lo relativo a su enfoque del material que manejan. La primera novela verdadera (lo que deja fuera a los viejos romances) que se escribió en el Sur no apareció hasta después de 1900, cuando el realismo ruso declinaba ya. *Barren Ground (Tierra estéril)*, de Ellen Glasgow, señaló el principio de un incierto período de desarrollo, y sólo se puede afirmar que la literatura sureña haya empezado a existir en los últimos quince años. Pero con la llegada de Caldwell y de Faulkner se inicia una nueva eclosión llena de vitalidad. Y en el momento actual el Sur hierve de energía literaria. W. J. Cash dice en *The Mind of the South* [La mente del Sur] que si en los días que corren se dispara al azar un arma de fuego por debajo de la línea Mason-Dixon, lo más probable, por la ley de promedios, es acertarle a un escritor.

Un observador no debe criticar una obra de arte alegando que carece de ciertas cualidades que el autor mismo nunca se propuso incluir. El escritor tiene la prerrogativa de limitar su propio ámbito, de marcar los límites de su reino. Esto es algo que se debe recordar cuando se intenta valorar la literatura que se hace ahora en el Sur.

Los escritores sureños han reaccionado ante su entorno exactamente igual que los rusos antes de Dostoievski y de Tolstoi. Han trasladado la dolorosa sustancia de la vida a su alrededor con la mayor precisión posible, sin convertirse en amplificadores emocionales entre la verdad tal como es y los sentimientos del lector. La «crueldad» de la que se ha acusado a los escritores sureños es en el fondo sólo una especie de ingenuidad, una aceptación de incongruencias espirituales sin preguntar por sus razones, sin tratar de proponer una respuesta. Indudablemente esa claridad de visión y ese rechazo de la responsabilidad tienen un componente infantil.

Pero la literatura del Sur es un brote joven, y no se la puede acusar por su juventud. Sólo es viable interrogarse sobre la dirección posible de su desarrollo o regresión. La escritura del Sur ha alcanzado los límites de un realismo moral; algo más se le debe añadir si se quiere que continúe floreciendo. Por el momento no ha habido precursores ni de un moralista analítico como Tolstoi ni de un místico como Dostoievski. Pero el material con el que trabaja esa literatura parece exigir que se planteen ciertas cuestiones básicas. En el momento en que ese grupo de escritores, si es capaz de hacerlo, asuma una responsabilidad filosófica, todo el tono y la estructura de su obra se enriquecerán, y la escritura sureña entrará en una fase más completa y vigorosa de su evolución.

(*Decision*, julio de 1941.)

Soledad..., una enfermedad americana

Al pensar en esta ciudad, Nueva York, considérese la gente que hay en ella, los ocho millones de seres que la habitamos. A un inglés amigo mío, cuando se le preguntó por qué vivía en Nueva York, respondió que le gustaba este lugar porque le permitía vivir completamente solo. Si bien el deseo de mi amigo era estar solo, la soledad de muchos norteamericanos que viven en ciudades es una realidad involuntaria y horrible. Se ha dicho que la soledad es la gran enfermedad americana. ¿Cuál es la naturaleza de esa soledad? En esencia se diría que es una búsqueda de identidad.

Para el espectador, para el filósofo aficionado, entre el complejo ir y venir de nuestros deseos y aborrecimientos, ningún motivo parece más fuerte ni más duradero que la voluntad del individuo de confirmar su identidad y su afiliación. Desde que nacen hasta que mueren los seres humanos están obsesionados por esa doble motivación. Durante nuestras primeras semanas de vida la cuestión de la identidad comparte urgencia con la necesidad de la leche materna. El bebé se busca los dedos de los pies, luego explora los barrotes de la cuna; una y otra vez compara la diferencia entre su cuerpo y los objetos a su alrededor, y en los cambiantes ojos infantiles aparece un asombro prístino.

La conciencia del yo es el primer problema abstracto que resuelve el ser humano. De hecho, esa conciencia de la propia identidad nos separa de los animales inferiores. La primera captación de la identidad se desarrolla con una intensidad que varía constantemente a lo largo de toda nuestra vida. Quizá la madurez sea simplemente la historia de esas mutaciones que revelan al individuo su relación con el mundo en el que se encuentra.

Después de la primera fijación de la identidad llega la necesidad imperativa de perder este sentido recién descubierto de independencia para pasar a pertenecer a algo más grande y más poderoso que el yo débil y solitario. La sensación de aislamiento moral nos resulta insoportable.

En *Frankie y la boda*, Frankie Addams, la encantadora protagonista de doce años de edad, enuncia esa necesidad universal: «Mi problema es que durante mucho tiempo no he sido más que un yo. Todas las personas pertenecen a un *nosotros* excepto yo. No pertenecer a un *nosotros* te aísla demasiado.»

El amor es el puente que lleva del *yo* al *nosotros* y ahí surge una paradoja sobre el amor entre personas. Amar abre una relación nueva entre personalidad y mundo. El amante responde de una manera nueva a la naturaleza y quizá hasta escriba poesía. El amor es afirmación; hace que se responda con *síes* y provoca el sentimiento de una comunicación más amplia. El amor expulsa al miedo, y en la seguridad de esa unión encontramos satisfacción, valor. No tememos ya las sempiternas preguntas obsesivas: «¿Quién soy?» «¿Por qué soy yo?» «¿Adónde voy?» y, una vez que hemos expulsado al miedo, podemos ser sinceros y caritativos.

Porque el miedo es la primera fuente del mal. Y cuando la pregunta «¿Quién soy?» se repite y queda sin contestación, entonces el miedo y la frustración proyectan una actitud negativa. El alma desconcertada sólo puede responder: «Puesto que no entiendo

"Quién soy", sólo sé lo que *no* soy.» El corolario de esta incertidumbre emocional es el esnobismo, la intolerancia y el odio racial. El individuo xenófobo sólo es capaz de rechazar y destruir, como, inevitablemente, la nación xenófoba guerrea.

La soledad de los norteamericanos no tiene su fuente en la xenofobia; como nación somos un pueblo extrovertido, siempre dispuestos a los contactos inmediatos, a nuevas experiencias. Pero tendemos a buscar las cosas en nuestra calidad de individuos, solos. Los europeos, con la seguridad que les dan sus lazos familiares y sus rígidas lealtades de clase, saben poco de la soledad moral innata en nosotros, los norteamericanos. Mientras que los artistas europeos tienden a formar grupos o escuelas estéticas, el norteamericano es el eterno disidente: no sólo de la sociedad, a la manera de todos los espíritus creativos, sino dentro también de la órbita de su propio arte.

Thoreau se trasladó a los bosques en busca del sentido último de la vida. Su credo era la sencillez y su *modus vivendi* el desprendimiento deliberado en la vida exterior hasta reducirla a unas necesidades espartanas con el fin de que la vida interior pudiera florecer libremente. Su objetivo, tal como él lo describió, era arrinconar al mundo. «Lo que un hombre piensa de sí mismo determina, o más bien indica, su destino.»

Thomas Wolfe, por su parte, regresó a la ciudad, y en sus andanzas por Nueva York continuó la búsqueda frenética, que le duró toda la vida, del hermano perdido, de la puerta mágica. También arrinconó al mundo, y mientras circulaba entre los millones de habitantes de la ciudad, devolviendo sus miradas, experimentó «ese encuentro silencioso [que] es el resumen de todos los encuentros en la vida de los hombres».

Ya sea en las alegrías bucólicas de la vida rural o en la ciudad laberíntica, nosotros, los norteamericanos, siempre estamos buscando. Caminamos sin rumbo, preguntamos. Pero la respuesta espera en cada corazón por separado: la respuesta de nuestra propia identidad y de la manera en que podemos dominar la soledad y sentir que, por fin, pertenecemos a algo.

(*This Week Mazazine*, revista del periódico neoyorquino *The Herald Tribune*, 19 de diciembre de 1949.)

La visión compartida

Me pregunto por qué acepté este encargo. Las sutilezas de la estética no han entrado nunca entre mis preocupaciones. Volar me interesa por sí mismo, y no deseo poner impedimentos a los pájaros para estudiar el mecanismo del vuelo. Al descubrirme tan incómodamente comprometida, me viene a la memoria un contratiempo similar que me sucedió en Francia hace tres años. Poco después de nuestra llegada a París, un caballero encantador vino a vernos y me habló en francés durante un buen rato con la rapidez de una cascada: lo que me dijo me resultó tan poco inteligible como el estruendo del agua. No entendí nada, excepto que nuestro visitante quería algo de mí con considerable urgencia. De manera que amablemente, pero con poco sentido común, pronuncié una de las pocas palabras francesas que conozco: «*Oui.*» El visitante me estrechó la mano calurosamente y se marchó diciendo: «*Ah, bon! Ah, bon!*» Regresó dos veces más y se repitió la misma escena. Pero ya se sabe que en un país desconocido pasan cosas extrañas, y no me preocupé hasta el día en que una amiga se presentó en nuestro hotel y me preguntó a qué demonios me había comprometido. Sacó un tarjetón del bolso, lo leí diez veces y me dejé caer sobre la cama. El tarjetón era una invitación agradablemente impresa para asistir en La Salle Richelieu de la Sorbona a una conferencia de Carson McCullers, que se disponía a hacer una comparación entre las literaturas francesa y norteamericana de la época moderna. El acto estaba programado para la noche del día siguiente. Mi marido leyó el tarjetón y empezó a hacer las maletas. Telefoneé a un viejo amigo de la Embajada Norteamericana que vino a reunirse con nosotros. Él se rió, yo lloré, y todos bebimos brandy durante unas cuantas horas. Después de buscar alguna explicación plausible a lo sucedido nos dijo: «Dado que obviamente no estás en condiciones de dar mañana por la noche una conferencia en francés en la Sorbona, trata de pensar en algo que *puedas* hacer.» Seguí viendo cómo mi marido hacía las maletas y luego me acordé de un poema que había terminado hacía poco. Nuestro amigo, un antiguo crítico literario, escuchó el poema y pensó que podía servir. Para que yo misma me disculpara escribió una breve apología en francés que empezaba así: «*Je regrette beaucoup mais je ne parle pas français...*» La noche siguiente fui a La Salle Richelieu, leí mi poema y me quedé allí, sentada en el estrado, tratando de parecer inteligente mientras en un idioma que yo no entendía dos críticos debatían aspectos de las dos literaturas.

También ahora debería recitar un poema en lugar de escribir sobre «¿Qué es una obra de teatro?». Porque, en primer lugar, dudo de la prudencia de las calificaciones arbitrarias en el caso de una forma artística; y, en segundo lugar, mi vida de escritora no ha contribuido en nada a equiparme para realizar evaluaciones estéticas desde un punto de vista formal. Porque la escritura de prosa o de poemas –y no creo que se deba hacer ninguna distinción inmutable entre las dos formas– es una creación divagante. Con eso quiero decir que un pasaje o párrafo concreto descarrían a la imaginación con alusiones sensuales, matices de sentimientos, vibraciones de la memoria o del deseo. Una crítica estética tiene una finalidad opuesta. No se debe alentar al lector para que su atención camine sin rumbo fijo ni sueñe despierta, sino que se la debe fijar con una lúcida extroversión que sea a la vez cerebral y finita.

La función del artista es excusarse por su propia visión autóctona y, una vez hecho eso, mantenerse fiel a esa visión. (A riesgo de dar la sensación de que pontifico, utilizo las palabras «artista» y «visión» por mi deseo de ser precisa y para establecer diferencias entre escritores profesionales que se proponen metas diferentes.) Es necesario reconocer, por desgracia, que al artista lo amenazan múltiples presiones en el mundo comercial, procedentes de los editores, de los productores teatrales y de los directores de publicaciones. El editor dice que este personaje no debe morir y que el libro debe terminar con una nota optimista, o el productor quiere falsas situaciones dramáticas, o amigos y espectadores sugieren esta o aquella alternativa. El escritor profesional puede acceder a esas demandas y concentrarse en el baile y en las tribunas. Pero una vez que el autor literario sabe cuáles son sus intenciones, ha de proteger su trabajo de influencias ajenas. Se trata con frecuencia de una situación muy solitaria. Tenemos miedo cuando nos sentimos solos. Y hay otro miedo especial que atormenta al creador cuando se le ataca durante demasiado tiempo.

Porque la función paralela de una obra de arte es ser comunicable. ¿Qué valor tiene una creación que no se puede compartir? La visión que resplandece en los ojos de un loco no nos sirve de nada a los demás. De manera que cuando un artista se encuentra con que se rechaza su creación surge el miedo de que su imaginación personal haya retrocedido a un estado solitario e incomunicable.

Creo que esa comunicación depende a veces del tiempo, porque es difícil para la mayoría captar la melodía de algo nuevo. Pienso en los largos años que James Joyce vivió asediado primero por editores, luego por la gazmoñería y finalmente por la piratería internacional. O podemos acordarnos de la magnífica paciencia de Proust y de su fe en la magnitud de su tarea literaria. A veces la comunicación llega demasiado tarde para el artista honesto. Poe murió sin ver compartida su visión. Antes de retirarse al interior de su locura, Nietzsche exclamó en una carta a Cosima Wagner: «¡Si hubiera en el mundo aunque sólo fuese dos personas que me entendieran!» Porque todos los artistas son conscientes de que la visión carece de valor si no es posible compartirla.

Por otra parte, cualquier forma de arte sólo se

puede desarrollar mediante mutaciones singulares que son obra de creadores individuales. Si únicamente se utilizan las convenciones tradicionales, el arte de que se trate morirá, y la expansión de cualquier forma artística está condenada a parecer al principio extraña y torpe. Cualquier cosa que crezca tiene que atravesar por etapas incómodas. El creador al que se comprende mal porque viola las convenciones puede replicar: «Te parezco extraño, pero por lo menos estoy vivo.»

Después de mi primera experiencia con la escena me pareció que el teatro era el más pragmático de todos los medios artísticos. La primera pregunta de un productor normal es: «¿Llegará al público en Broadway?» El mérito de la obra es una consideración secundaria y ese productor rechaza cualquier pieza cuya fórmula no haya sido comprobada en numerosas ocasiones.

Frankie y la boda resulta poco convencional porque no es una pieza de tipo *literal*. Es una obra *interior* y los conflictos son hacia dentro. El antagonista no está personificado, sino que es una característica de la vida de los seres humanos: la sensación de aislamiento moral. En ese sentido *Frankie y la boda* tiene una afinidad con obras clásicas, algo a lo que no estamos acostumbrados en el teatro moderno donde protagonista y antagonista están presentes en la escena e inmersos en un conflicto palpable. La obra tiene otros valores abstractos; se ocupa del *peso* del tiempo, del azar de la existencia humana, de las sorpresas que depara la casualidad. La reacción de los personajes ante esos fenómenos abstractos determina el movimiento de la obra. A algunos observadores que no captaron el *modus operandi* de la obra les pareció que era fragmentaria porque no tuvieron en cuenta ese concepto estético.

La estructura de la que hablo fue intuitiva. Cada obra de creación está determinada por su propia química. El artista sólo puede precipitar las reacciones inherentes si se acerca a ella de manera subjetiva. He de decir que no tomé conciencia de sus verdaderas dimensiones, del valor de las cualidades no visibles que intervenían, hasta que la obra hubo adquirido vida propia. Un aspecto extraño de la creación es que el artista se acerca a su destino (o al destino de su obra) de manera tortuosa y sólo cuando la química está suficientemente avanzada se da cuenta de las dimensiones de lo que está haciendo. Sé que fue ésa mi experiencia cuando escribía *Frankie y la boda*.

Preví además otro problema por su condición de tragicomedia lírica. El humor y el dolor coexisten a menudo en una misma frase y yo no sabía cómo respondería el público. Pero Ethel Waters, Julie Harris y Brandon de Wilde, con la extraordinaria dirección de Harold Clurman, aportaron a sus papeles con estructura de fuga una precisión y una armonía deslumbrantes.

Algunos observadores se han preguntado si a un drama tan poco convencional como éste se le puede llamar obra de teatro. Sobre eso no estoy en condiciones de opinar; sólo sé que *Frankie y la boda* es una visión en la que varios artistas han participado con fidelidad y amor.

(*Theatre Arts*, abril de 1950.)

Isak Dinesen, *Cuentos de invierno**

En el mundo de la naturaleza, una repentina variación tipológica es un acontecimiento del mayor interés para los hombres de ciencia, que llaman al resultado de este fenómeno *lusus naturae*, «broma de la naturaleza». En el mundo de la literatura una mutación similar carece de nombre definitivo, pero es un suceso poco frecuente y maravilloso y un libro así no se olvida pronto. En 1934 se produjo un fenómeno literario de ese tipo: una obra de un desconocido autor europeo que escribía con seudónimo. El libro era una colección de relatos tan singular por su intención misma que tuvo un efecto extrañamente anacrónico entre la producción de la época; el libro no recordaba a nada escrito en este siglo y para establecer analogías y hacer comparaciones había que pensar en Boccaccio

* Ediciones Alfaguara, traducción de Francisco Torres Oliver.

o, quizá, en los románticos alemanes. Porque, para empezar, el autor había regresado a un modo de expresión que es, en estos días, casi obsoleto, la más antigua y la más pura de las formas de ficción: el cuento. *Siete cuentos góticos*, de Isak Dinesen, es un grupo de relatos exquisitos, misteriosos, casi extrañamente brillantes; su aparición marcó el debut de un talento extraordinario.

El segundo libro de Isak Dinesen llegó unos cuatro años después, y quienes habían esperado una obra similar quedaron sorprendidos, aunque en absoluto decepcionados. *Memorias de África*, un libro sobre los años que el autor pasó en un cafetal en la Kenya británica, es un documento personal, sencillo y tierno, escrito con una severidad contenida y elegíaca completamente distinta de la oscura temeridad gótica de los cuentos. En el interregno se había conocido la identidad del autor: Isak Dinesen es el seudónimo de una danesa que escribe en inglés.

Cuentos de invierno está en la misma línea que su primer libro. Tradicionalmente, el cuento tiene un doble propósito: deleitar y señalar unas consecuencias morales. No cabe la menor duda de que Isak Dinesen cumple con el primero de esos requisitos. Utiliza con prodigalidad el principal recurso del cuentista, y nos proporciona el placer del asombro. Falsas identidades, artimañas, rápidos cambios de fortuna sólo producen las clases menos sutiles de asombro. La verdadera sorpresa está en la escritura misma: las inesperadas combinaciones de palabras, ligeramente arcaicas, la gracia funambulesca de las frases. Dinesen escribe de los verdes bosques de hayas de Dinamarca en el mes de mayo, o de un joven escribiente que contempla la nieve nocturna de París bajo la sombra de Notre-Dame, y de inmediato la imagen cobra vida en el marco que le corresponde.

La segunda finalidad del cuento, la enseñanza moral, puede requerir ciertas explicaciones. Porque la moralidad del cuento es extraña y arbitraria, con muy poco o ninguna relación con la ética ordinaria de todos los días, y está determinada únicamente por el narrador mismo. En el cuento tradicional los personajes están obligados a recibir al final la adecuada recompensa o castigo; la justicia en este caso, sin embargo, es una justicia errática. Así por ejemplo en la primera historia de esta nueva colección, «El cuento del niño marinero», el joven protagonista rescata a un halcón atrapado en las jarcias de un mástil y más adelante, debido a esa acción, no se le castiga por el asesinato que ha cometido. El narrador se atribuye la responsabilidad de Dios y concede a sus personajes una libertad moral de la que sólo tiene que dar cuenta el autor. Y, todavía más, garantiza a los personajes el necesario poder para hacer uso de esa libertad; en consecuencia, los personajes de estos cuentos son tradicionalmente la aristocracia y la realeza, aunque no siempre en sentido estricto. Isak Dinesen escribe sobre viajeros libres y sin compromiso, sobre déspotas y sobre un rey, y sobre «ese personaje fascinante e irresistible, quizá el más fascinante e irresistible del mundo entero: el soñador cuyo sueño se hace realidad». Esta cualidad de libertad a cualquier costa y de imprudencia da a los personajes de *Cuentos de invierno* un encanto elegante y a menudo enloquecido.

Cada uno de estos once relatos es una historia llena de gracia y bien terminada. «El acre del dolor», quizá la mejor, se ocupa de la tiranía de un viejo lord y su posterior derrota a manos de una supuesta víctima, más poderosa que él en realidad. «Peter y Rosa» es un idilio de dos jóvenes soñadores. «Alkmene» habla de una joven ligeramente loca que va a la ciudad a presenciar una ejecución pública. Ninguna de las historias de *Cuentos de invierno* tiene, sin embargo, la misma brillantez imprevisible de los mejores entre los *Siete cuentos góticos.* Quizá este leve sentimiento de decepción se deba a que, después de haber penetrado una vez en la imaginación de Isak Dinesen, como un viajero entra en una tierra extranjera, el placer y la sorpresa de una segunda visita no son ya tan intensos. Pero desde cualquier punto de vista, a excepción del precedente que la misma Isak Dinesen había creado, se trata de relatos de extraordinaria distinción.

(*The New Republic*, 7 de junio de 1943.)

Isak Dinesen: En alabanza del esplendor

En 1938 visité a unos amigos de Charleston que regentan una excelente librería. Durante la primera velada me preguntaron si había leído *Memorias de África*, y respondí que no. Me explicaron que era un libro maravilloso y que tenía que leerlo. Mi primera reacción fue decir que no estaba en condiciones de leer nada, con la excusa de que precisamente por entonces concluía mi novela *El corazón es un cazador solitario*. Creía que se trataba de un libro sobre caza mayor, y no me gustan las historias sobre animales a los que se mata sólo por deporte. Durante todo el fin de semana se hicieron referencias a *Memorias de África*. El domingo, cuando nos marchábamos, discretamente, me dejaron un ejemplar sobre el regazo, sin decir palabra. Conducía mi marido, lo que me permitía leer. Abrí la primera página:

Yo tenía una granja en África, al pie de las colinas de Ngong. El ecuador atravesaba aquellas tierras altas a un centenar de millas al norte, y la granja se asentaba a una altura de unos seis mil pies. Durante el día te sentías a una gran altitud, cerca del sol, las primeras horas de la mañana y las tardes eran límpidas y sosegadas, y las noches frías.

La situación geográfica y la altitud se combinaban para formar un paisaje único en el mundo. No era ni excesivo ni opulento; era el África destilada a seis mil pies de altura, como la intensa y refinada esencia de un continente. Los colores eran secos y quemados, como los colores en cerámica. Los árboles tenían un follaje luminoso y delicado, de estructura diferente a la de los árboles en Europa; no crecían en arco ni en cúpula, sino en capas horizontales, y su forma daba a los altos árboles solitarios un parecido con las palmeras, o un aire romántico y heroico, como barcos aparejados con las velas cargadas, y los linderos del bosque tenían una extraña apariencia, como si el bosque entero vibrase ligeramente. Las desnudas y retorcidas acacias crecían aquí y allá entre la hierba de las grandes praderas, y la hierba tenía un aroma como de tomillo y arra-

*yán de los pantanos; en algunos lugares el olor era tan fuerte que escocía las narices. Todas las flores que encontrabas en las praderas o entre las trepadoras y lianas de los bosques nativos eran diminutas, como flores de las dunas; tan sólo en el mismísimo principio de las grandes lluvias crecía un cierto número de grandes y pesados lirios muy olorosos. Las panorámicas eran inmensamente vacías. Todo lo que se veía estaba hecho para la grandeza y la libertad, y poseía una inigualable nobleza.**

Habíamos empezado el viaje a primera hora de la tarde y yo estaba tan deslumbrada por la poesía y la verdad de aquel gran libro que cuando cayó la tarde seguí leyendo *Memorias de África* con la luz de una linterna. No cesaba de pensar que tanta belleza y verdad no podían durar, pero página tras página me cautivaban más. Al final del libro supe que Isak Dinesen había escrito una hermosa elegía en honor del continente africano. Sentí la sublime seguridad que un grandísimo escritor consigue dar a un lector. Con su

* *Memorias de África*, Ediciones Alfaguara, traducción de Barbara McShane y Javier Alfaya.

simplicidad e «inigualable nobleza» tomé conciencia de que aquél era uno de los libros más esplendorosos que había leído en mi vida.

Los desiertos abrasadores, las junglas, las colinas hicieron que mi corazón se abriera a África y también a los animales y a aquel ser esplendoroso, Isak Dinesen. Granjera, doctora, y cazadora de leones cuando era necesario. Debido a *Memorias de África* me enamoré de ella. Cuando recorría a caballo una pradera, yo la acompañaba. Sus perros, su granja, «Lulu», se convirtieron en amigos míos, y también me enamoré de los indígenas por los que ella sentía tan gran afecto: Farsh, Kamante y toda la gente de su granja. Había leído tantas veces *Memorias de África* y lo había leído con tanto amor que la autora se había convertido en mi amiga imaginaria. Aunque nunca le escribí ni traté de conocerla, estaba allí con su quietud, con su serenidad y con su gran sabiduría para consolarme. En aquel libro, que brillaba con la humanidad de su autora, sobre un gran continente trágico, su gente se convirtió en mi gente y su paisaje en mi paisaje.

Como es lógico, quise conocer sus otras obras, y el siguiente libro suyo que leí fue *Siete cuentos góticos*. En lugar del esplendor de *Memorias de África*, los *Siete cuentos* tienen cualidades muy distintas. Son brillantes, contenidos, y todos dan la sensación de una obra de arte muy pensada. El lector advierte que el autor está escribiendo en un idioma extranjero debido a la extraña, a la arcaica calidad de su bella prosa. Los cuentos tenían el encanto de un luminoso resplandor sulfúrico. Cuando estaba enferma o descontenta del mundo, regresaba a *Memorias de África*, que nunca dejaba de consolarme y apoyarme; y cuando quería salirme de mi vida, leía *Siete cuentos góticos* o *Cuentos de invierno* o, mucho más adelante, *Los últimos cuentos.*

Hace unos dos años, la Academia de Artes y Letras, de la que soy miembro, me escribió para decirme que había invitado a Isak Dinesen a visitarnos en calidad de miembro honorario y de huésped. Yo dudaba sobre la conveniencia de conocerla: dada la importancia que siempre ha tenido para mí, temía que la realidad perturbara mi imagen de ella. Sin embargo fui a la cena y antes, con ocasión de un cóctel en el que conocí al presidente de la Academia, le pedí un gran favor: ¿Sería posible sentarme en la cena cerca de la invitada de honor? Para mi asombro y mi alegría me contestó que Isak Dinesen había pedido sentarse conmigo, y que las tarjetas con nuestros nombres estaban ya en la mesa. También me preguntó cómo debíamos llamarla, dado que su nombre era Baronesa Karen Blixen-Finecke. Todo lo que pude decirle fue que yo no iba a permitirme ninguna familiaridad en nuestro primer encuentro. «En mi opinión», dije, «lo mejor es "baronesa", de manera que así la llamaré». Y eso fue lo que hice hasta que empezamos a tutearnos y entonces me pidió que la llamara Tanya, que es su nombre inglés.

¿Cómo imaginar un ser esplendoroso? Sólo había visto fotografías de Isak Dinesen cuando tenía algo más de veinte años: fuerte, llena de vida, extraordinariamente hermosa, acompañada por uno de sus lebreles escoceses, y protegiéndose del sol en una sombra de la jungla africana. No había pensado visualmente en su apariencia actual. Cuando la conocí era una persona sumamente frágil y muy mayor, pero su rostro, al hablar, se encendía como un cirio en una iglesia antigua. Se me encogió el corazón al ver su fragilidad.

En la cena de la Academia aquella noche, después de que terminara su intervención, sucedió algo que no había visto nunca: todos los miembros se pusieron en pie para aplaudirla.

Durante la cena dijo que le gustaría conocer a Marilyn Monroe. Como yo ya había estado con ella en varias ocasiones y como Arthur Miller se encontraba en la mesa vecina, le dije que, en mi opinión, aquel encuentro se podía organizar sin ningún problema. De manera que tuve el gran honor de que Isak Dinesen, mi amiga de la imaginación, almorzara en mi casa y conociera allí a Marilyn Monroe, junto con Arthur Miller.

Tanya era una conversadora excepcional y le encantaba hablar. Marilyn, con sus hermosos ojos azules, la escuchó como quien oye un cuento de hadas, que fue lo que hicimos todos. Tanya habló de sus amigos Berkley Cole y Dennis Finch-Hatton. Se expresaba siempre con tal calor que sus oyentes no tenían que tratar de intervenir ni de cambiar su maravillosa conversación.

Tanya sólo comía ostras y las acompañaba con champán. En el almuerzo consumimos muchas ostras y además, para los buenos comedores, varios suflés de tamaño considerable. Arthur preguntó qué médico le había prescrito aquella dieta de ostras y champán. Tanya se le quedó mirando y dijo, más bien con brusquedad: «¿Médico? A los médicos les horroriza mi dieta, pero a mí me encantan las ostras y el champán y las dos cosas me sientan bien.» Luego añadió: «Se me hace duro, sin embargo, cuando las ostras no están en temporada, porque en esos meses terribles me tengo que conformar con los espárragos.» Arthur dijo algo sobre proteínas y Tanya replicó: «No sé nada de eso, pero soy vieja, como lo que quiero y me sienta bien.» Luego volvió a sus recuerdos de amigos en África.

Le encantaba estar con gente de color. Ida, mi ama de llaves, es negra, como también lo son mis jardineros, Jesse y Sam. Después del almuerzo todo el mundo bailó y cantó. Un amigo de Ida había traído una cámara y tuvimos imágenes de Tanya bailando con Marilyn, de Arthur bailando conmigo, y un gran baile general de todos con todos. Me encanta recordarlo porque no volví a ver a Tanya. Dado que los escritores raras veces se escriben, nuestra comunicación era infrecuente pero no imprecisa. Me envió flores cuando estuve enferma y fotografías encantadoras de sus vacas y de su perro preferido en Rungsted Kyst.*

Cuando me pidieron que fuese a dar una conferencia al Festival de Cheltenham el año pasado,

* La propiedad familiar cerca de Copenhague.

escribí a Tanya y le pregunté si podía reunirse conmigo en Londres. Recibí una carta de Clara en la que me explicaba que mi amiga no sólo no podía ir a Londres sino que apenas podía trasladarse de una habitación a otra. Poco después supe que aquel ser esplendoroso había muerto.

Cecil Beaton* me llamó cuando fui a Londres y me dijo que había pasado una tarde con Tanya dos semanas antes de su muerte. Me invitó a tomar el té y fui a su extraordinaria casa. Las paredes de la sala de estar estaban cubiertas de terciopelo negro y había un magnífico retrato naranja de Cecil por Bebe Berard, a quien yo quería muchísimo y que murió hace unos diez años. En aquel marco encajaba perfectamente una Tanya llena de vida, con sus gestos delicados, bebiendo champán en lugar de té, encantando a sus oyentes y disfrutando con sus relatos de otros tiempos. Imagino que se sentiría muy a gusto con la elegancia del decorado.

Cecil me dijo que se encontraba en Dinamarca dos semanas antes de su muerte y que había llamado a Tanya. Le explicó que tenía una cita en España.

* Fotógrafo, figurinista para el cine y el teatro y escritor (1904-1980).

Tanya le contestó entonces: «Bueno, eso significa, Cecil, que no volveré a verte, lo que me entristece mucho.» Acto seguido Cecil rompió su compromiso en España. Antes de que tuviera tiempo de alquilar un coche para ir a Rungsted Kyst, Tanya volvió a llamar y dijo: «Cecil, siempre hemos sido muy buenos amigos y no me gusta nada que nuestra amistad acabe de una manera tan decepcionante.» Cecil respondió: «Estoy a punto de salir camino de Rungsted Kyst y te veré esta misma tarde.» Tanya salió a recibirlo a la puerta y el taxista, al verla, se quitó la gorra y le hizo una reverencia profundísima. Cecil le preguntó si tenía muchos dolores y ella respondió que los medicamentos que le daban eran adecuados y que no sufría. Cecil me dio copias de las últimas fotografías de Tanya: anciana y exquisita, se la veía entre las cosas que más quería, los retratos de sus antepasados, las arañas y los hermosos muebles antiguos. Clara me escribió más adelante que estaba enterrada bajo su haya favorita, cerca del mar, en Rungsted Kyst.

(*Saturday Review*, 16 de marzo de 1963.)

El sueño que florece

(Notas sobre la escritura)

En cierta ocasión, cuando tenía unos cuatro años, pasé con mi niñera por delante de un colegio de monjas. Por una vez las puertas estaban abiertas. Dentro vi a niños que comían helados de cucurucho, que jugaban en columpios de hierro, y los contemplé, fascinada. Quise entrar, pero mi niñera me dijo que no, que no podía porque no era católica. Al día siguiente las puertas estaban cerradas. Y año tras año yo no dejaba de pensar en lo que sucedía detrás de aquella verja, en aquella fiesta maravillosa de la que estaba excluida. Quería saltar la valla, pero era demasiado pequeña. En una ocasión golpeé el muro, sabiendo todo el tiempo que se celebraba una fiesta maravillosa, pero que no me estaba permitido entrar.

El aislamiento espiritual es la base de la mayoría de mis temas. Mi primer libro se ocupaba de ello, casi en su totalidad, y también los que han venido después, de una manera u otra. El amor, y en especial el amor por una persona que es incapaz de corresponder o de recibirlo, está en el núcleo de mi selección de figuras grotescas objeto de mis obras: personas cuyas deficiencias físicas son un símbolo de su incapacidad espiritual para amar o recibir amor, de su aislamiento espiritual.

Para entender una obra es importante que el artista esté emocionalmente en su centro mismo; que vea, que conozca, que experimente las cosas sobre las que está escribiendo. Años antes de que lo hiciera Harold Clurman, el director, Dios lo bendiga, de *Frankie y la boda*, creo que ya había dirigido yo hasta la última mosca y hasta el último mosquito de la habitación donde se desarrolla la pieza.

El autor raras veces percibe las verdaderas dimensiones de una obra hasta que está terminada. Es como un sueño que florece. Las ideas crecen, echan brotes en silencio, y surge un millar de iluminaciones que se suceden día a día mientras la obra progresa. Las simientes crecen en la escritura como en la naturaleza.

La semilla de una idea se desarrolla gracias al trabajo, al inconsciente y al forcejeo que se produce entre ambos.

Entiendo sólo fragmentos. Entiendo los personajes pero la novela misma no está enfocada. El enfoque llega en momentos inesperados: nadie sabe por qué y el autor menos que nadie. Para mí, de ordinario, es la consecuencia de un gran esfuerzo. En mi caso las iluminaciones son la recompensa al trabajo. Toda mi obra ha surgido de esa manera. Para esas iluminaciones el autor depende al mismo tiempo del azar y de la belleza. Después de meses de confusión y de trabajo, cuando la idea ha florecido, la confabulación que se produce es un don divino. Siempre procede del subconsciente y no se puede controlar. Durante todo un año trabajé en *El corazón es un cazador solitario* sin entender el libro en absoluto. Todos los personajes hablaban con el personaje central, pero yo no sabía por qué. Casi había decidido que no estaba escribiendo una novela, que debía reducirlo todo a varios relatos breves. Pero sentí en mi propio cuerpo la mutilación cuando tuve aquella idea, y me desesperé. Llevaba cinco horas trabajando y salí fuera. De repente, mientras cruzaba una calle, se me ocurrió que Harry Minowitz, el personaje con el que todos los demás hablaban, era otra persona, era un sordomudo, e inmediatamente su nombre pasó a ser John Singer. El enfoque entero de la novela quedó fijado y por primera vez me comprometí con toda mi alma con *El corazón es un cazador solitario.*

¿Qué hay que saber y qué no? John Brown, de la Embajada Norteamericana, vino a visitarme, me señaló con su largo dedo índice y dijo: «Te admiro, Carson, por tu ignorancia.» «¿Por qué?», pregunté yo. Y me respondió: «¿Cuándo fue la batalla de Hastings, y qué estaba en juego? ¿Cuándo fue la batalla de Waterloo, y qué estaba en juego?» Le contesté: «John, creo que no me importa demasiado.» Y él dijo: «A eso es a lo que me refiero. No te cargas la cabeza con la realidad de la vida.»

Cuando casi había terminado *El corazón es un cazador solitario,* mi marido mencionó que había una convención de sordomudos en una ciudad cercana, dando por hecho que querría ir a observarlos. Le respondí que no tenía ni la más mínima intención, porque ya me había hecho mi idea de los sordomudos y no quería perturbarla. Imagino que la actitud de James Joyce cuando vivía en el extranjero era la misma y por eso nunca volvió a su hogar en Irlanda, convencido de que Dublín había quedado para siempre fijado en su obra, como así es.

El principal activo de un escritor es la intuición; un exceso de hechos dificulta la intuición. Un escritor necesita saber muchas cosas, pero hay muchísimas otras que no necesita saber: necesita conocer cosas humanas, aunque no sean «sanas», según el adjetivo con que se las califica.

Todos los días leo el *Daily News* de Nueva York, y con mucha seriedad. Es interesante saber el nombre del callejón de los enamorados donde se produjo el apuñalamiento, y las otras circunstancias que el *New York Times* nunca recoge. En aquel asesinato todavía sin resolver en Staten Island, es interesante saber que el médico y su mujer, cuando fueron apuñalados, llevaban camisones mormones de una longitud de tres cuartos. El desayuno de Lizzie Borden, en el sofocante día de verano en que mató a su padre, fue un guiso de cordero. Los detalles siempre sugieren más ideas de las que proporciona cualquier generalidad. Contar que Jesucristo recibió una lanzada en el costado *izquierdo* es más conmovedor y evocativo que limitarse a decir que recibió una lanzada.

No es posible refutar las acusaciones de morbosidad. Un escritor sólo puede decir que escribe a partir de una semilla que más adelante le florece en el subconsciente. La naturaleza no es anormal, sólo la falta de vida es anormal. Cualquier cosa que late y se mueve y anda por la habitación, da lo mismo lo que esa cosa haga, es natural y es humana para un escritor. El hecho de que, en *El corazón es un cazador solitario,* John Singer sea sordomudo es un símbolo, y el hecho de que el capitán Penderton, en *Reflejos en un ojo dorado,* sea homosexual, es también un símbolo de desventaja e impotencia. Singer, el sordomudo, es un símbolo de enfermedad, y ama a una persona que es incapaz de recibir su amor. Los símbolos sugieren la historia, el tema y los incidentes, y están tan entrelazados que uno no percibe de manera consciente dónde comienza la sugerencia. Yo me convierto en los personajes sobre los que escribo. Estoy tan inmersa en ellos que sus motivos son los míos. Cuando escribo sobre un ladrón, me convierto en un ladrón; cuando escribo sobre el capitán Penderton, me convierto en homosexual; cuando escribo sobre un sordomudo, me convierto en sorda durante el tiempo de la historia. Me convierto en los personajes sobre los que escribo y bendigo a Terencio, el poeta latino, que dijo: «Nada humano me es ajeno.»

Mientras escribía la versión teatral de *Frankie y la boda* padecí durante un tiempo de parálisis y mi situación externa era lamentable, desde luego; pero cuando terminé aquel texto, le escribí a un amigo: «Ah, qué maravilloso es ser escritora, nunca me he sentido tan feliz...»

Si el trabajo no va bien, no hay vida más triste que la del escritor. Pero cuando va bien, cuando la iluminación proporciona el enfoque de una obra, de manera que progresa transparente y fluye, no hay alegría como ésa.

¿Por qué se escribe? La verdad es que económicamente resulta la ocupación peor remunerada del mundo. Mi abogado ha calculado cuánto he ganado con *Frankie y la boda* como libro y es, a lo largo de los cinco años que he trabajado en él, veintiocho centavos al día. Luego la ironía consiste en que con la obra de teatro basada en el libro he ganado tanto dinero que he tenido que entregar el ochenta por ciento a Hacienda, lo que me alegra hacer o, al menos, *debiera* alegrarme.

Debe de ser que se escribe por alguna necesidad subconsciente de comunicación, de expresión personal. Escribir es una ocupación vagabunda, soñadora. El intelecto se hunde por debajo del inconsciente: la imaginación es quien mejor controla a la mente pensante. Sin embargo escribir no es totalmente amorfo y antiintelectual. Algunas de las mejores novelas y escritos en prosa son tan precisos como un número de teléfono, pero pocos prosistas lo logran, debido al refinamiento que es necesario alcanzar en la pasión y en la poesía. No me gusta la palabra prosa; es demasiado prosaica. La buena prosa debe estar fundida con la luz de la poesía; la prosa debe ser como la poesía; la poesía debe ser tan inteligible como la prosa.

Me gusta pensar en Anna Frank y en su inmenso poder de comunicación, que no era sólo el de una niña de doce años, sino el poder que proviene de comunicar la conciencia y el valor.

En ese caso había verdaderamente aislamiento, pero aislamiento físico más que espiritual. Hace varios años el padre de Anna Frank concertó conmigo una cita en el Hotel Continental de París. Hablamos y me preguntó si estaría dispuesta a dramatizar el diario de su hija. También me dio el libro, que yo no había leído aún. Pero mientras lo leía me afectaba tanto que me brotó un sarpullido en las manos y en los pies, y tuve que decirle que dadas las circunstancias no podía acceder a su petición.

La paradoja es una llave de la comunicación, porque lo que *no* es conduce a menudo a la conciencia de lo que *es*. Nietzsche escribió en una ocasión a Cosima Wagner: «¡Si hubiera en el mundo aunque sólo fuese dos personas que me entendieran!» Cosima le entendió y años más tarde un hombre llamado Adolf Hitler construyó todo un sistema filosófico en torno a una interpretación equivocada de Nietzsche. Es paradójico que un gran filósofo como Nietzsche y un gran músico como Richard Wagner puedan haber contribuido tanto al sufrimiento del mundo en este siglo. Una comprensión parcial por parte de una persona ignorante es una comprensión retorcida y subjetiva y, gracias a ese tipo de comprensión, la filosofía de Nietzsche y las creaciones de Richard Wagner se convirtieron en los pilares del atractivo emocional de Hitler para el pueblo alemán, dado que el dictador fue capaz de hacer malabarismos con grandes ideas y con la desesperación de su época, que debemos recordar fue una desesperación auténtica.

Cuando alguien me pregunta quién ha influido en mi obra, señalo a O'Neill, a los rusos, a Faulkner y a Flaubert. *Madame Bovary* parece estar redactada con economía divina. Es una de las novelas más dolorosas jamás escritas y también más dolorosamente meditadas. *Madame Bovary* es una combinación de la voz realista del siglo de Flaubert, del realismo, con la mentalidad romántica de la época. Por su lucidez e impecable elegancia parece haber fluido directamente de la pluma de Flaubert sin la menor interrupción en el pensamiento. Por primera vez se enfrentaba con su verdad de escritor.

Sólo con imaginación y realidad se llegan a conocer las cosas que requiere una novela. La realidad por sí sola nunca ha sido demasiado importante para mí. Una profesora dijo una vez que hay que escribir sobre el patio trasero de la propia casa; y con eso, imagino, quería decir que se debe escribir sobre las cosas que se conocen más íntimamente. ¿Pero hay algo más íntimo que la propia imaginación? La imaginación combina memoria con intuición, combina realidad y sueños.

La gente me pregunta por qué no vuelvo al Sur con más frecuencia. Pero el Sur para mí es una experiencia muy emocional, cargada con todos los recuerdos de mi infancia. Cuando vuelvo al Sur siempre acabo metida en discusiones, de manera que cada visita a Columbus y a Georgia me despierta una mezcla de amor y antagonismo. Es posible que el escenario de mis libros sea siempre sureño y sin duda el Sur será siempre mi patria. Amo las voces de los negros, que son como ríos oscuros. Siento que en los breves viajes en los que vuelvo al Sur, tanto en mi memoria como en los artículos para la prensa, todavía mantengo mi propia realidad.

Muchos autores encuentran difícil escribir sobre ambientes que no conocieron en su infancia. Las voces que se vuelven a oír procedentes de la infancia suenan más auténticas. Y el follaje –los árboles de la infancia– se recuerda con mayor exactitud. Si trabajo desde dentro de un escenario distinto del que me proporciona el Sur, tengo que preguntarme cuándo hay flores allí y de qué flores estoy hablando. Muy pocas veces dejo que hablen los personajes a no ser que sean sureños. Wolfe escribió de manera brillante sobre Brooklyn, pero todavía con mayor brillantez de la cadencia sureña y de las maneras de hablar del Sur. Esto es especialmente cierto de los escritores sureños porque no se trata sólo del habla y de la vegetación, sino de toda su cultura, que pasa a ser una patria dentro de otra patria. Cualquiera que sea su pensamiento político, el grado de liberalismo o de negación del liberalismo en un escritor sureño, él sigue siempre ligado a este regionalismo peculiar de voces, vegetación y memoria.

Pocos escritores sureños son verdaderamente cosmopolitas. Cuando Faulkner escribe sobre la aviación británica y sobre Francia no resulta del todo convincente, pero me convence prácticamente siempre cuando habla del condado de Yoknapatawpha. Para mí, efectivamente, *El ruido y la furia* es probablemente la más grande novela norteamericana: tiene una autenticidad, una grandeza y, sobre todo, una ternura que procede de una combinación de la realidad y de los sueños que es una confabulación divina.

Hemingway, por el contrario, es el más cosmopolita de todos los escritores norteamericanos. Está tan en su casa en París como en España o como en Estados Unidos o como en los relatos indios de su infancia. Quizá sea su estilo, que es una forma de expresión bellamente trabajada. Aunque Hemingway es todo un experto en la creación de sus diferentes puntos de vista, con los que convence por completo al lector, emocionalmente es un trotamundos. Dado el estilo de Hemingway, en el contenido emocional de su obra quedan enmascaradas algunas cosas. Si prefiero a Faulkner es porque me conmueve más lo familiar, la escritura que me recuerda mi propia infancia y establece una referencia para recordar el idioma. Hemingway, por su parte, me parece que utiliza la lengua como un estilo de escritura.

El escritor es, por la naturaleza de su profesión, un soñador y un soñador consciente. ¿Cómo, sin amor y sin la intuición que procede del amor, puede un ser humano colocarse en la situación de otro ser humano? Tiene que imaginar, y la imaginación requiere humildad, amor y gran valor. ¿Cómo se puede crear un personaje sin amor y sin la lucha que va con el amor?

Durante muchos años he estado trabajando en una novela titulada *Reloj sin manecillas* y probablemente la acabaré dentro de un par de años. Mis libros llevan mucho tiempo. Esta novela está, día tras día, en el proceso de conseguir un enfoque. Como escritora he trabajado siempre mucho. Pero como escritora sé también que el mucho trabajo no basta. En el proceso de todo ese trabajo tiene que llegar una iluminación, una chispa divina que dé enfoque y equilibrio a la obra.

Cuando le pregunté a Tennessee Williams cómo empezó a pensar en *El zoo de cristal* me contestó que la obra le fue sugerida por una cortina de cristal que vio en casa de uno de los feligreses de su abuelo. Desde entonces esa pieza se convirtió en lo que él llamaba una «obra teatral sobre recuerdos». Cómo encajaba el recuerdo de la cortina de cristal con los recuerdos de su adolescencia era algo que ni él ni yo entendíamos, pero es cierto que no resulta fácil entender al inconsciente.

¿Cómo empieza la creación en cualquier arte? Al igual que Tennessee escribió *El zoo de cristal* como una obra teatral sobre recuerdos, yo escribí «*Wunderkind*» cuando tenía diecisiete años, y era un recuerdo, aunque no la realidad del recuerdo: era un escorzo de aquel recuerdo. Trataba de una joven estudiante de música. No escribí sobre mi verdadero profesor de música, escribí sobre la música que estudiábamos juntos porque pensé que era más verdadera. La imaginación es más verdad que la realidad.

El amor apasionado, individual –el viejo amor de Tristán e Iseo, el amor de Eros– es inferior al amor de Dios, al compañerismo, al amor de Ágape –el dios griego de la fiesta, el dios del amor fraternal– y del hombre. Eso fue lo que traté de mostrar en *La balada del café triste* al hablar del extraño amor de Miss Amelia por el pequeño jorobado, el primo Lymon.

La obra de un escritor se atribuye no sólo a su personalidad sino también a la región en la que nació. Me pregunto a veces si lo que llaman la escuela «gótica» de la escritura sureña, en la que lo grotesco camina en paralelo con lo sublime, no se debe en gran parte al escaso valor de la vida humana en el Sur. Los rusos son como los escritores sureños en ese aspecto. En mi infancia el Sur era casi una sociedad feudal. Pero el problema racial hace que la sociedad del Sur sea mucho más complicada que la rusa. Para muchos sureños pobres, el único orgullo que poseen es ser de raza blanca, y cuando el orgullo propio está tan lamentablemente degradado, ¿cómo se puede aprender a amar? Por encima de todo, el amor es el principal generador de toda buena escritura. Amor, pasión, compasión están todos fundidos en uno.

En cualquier comunicación, una misma cosa dice algo muy distinto a dos personas, pero escribir es, en esencia, comunicación; y la comunicación es el único camino para el amor: el amor, la conciencia, la naturaleza, Dios y los sueños. Por lo que a mí respecta, cuanto más profundizo en mi propio trabajo y cuanto más leo sobre las personas que amo, tomo mayor conciencia de los sueños y de la lógica de Dios, que es sin duda una confabulación divina.

(*Esquire*, diciembre de 1959.)

Fotografías

Carson trabajando en *Frankie y la boda* en Columbus, Georgia (agosto de 1943). © *Columbus Enquirer*.

Carson firmando uno de sus libros en 1946. © Henri Cartier-Bresson, Magnum Photos.

Impreso en el mes
de octubre de 2007
en Talleres Hurope, S. L.
Lima, 3 bis
08030 Barcelona